找鬼記者 錯別字（賴正鎧）

靈異錯別字

夜訪百鬼

目錄

PART 1 靈異錯別字的誕生

PART 2 周遭朋友的鬼故事

PART 3 說鬼使命

推薦序❶ RECOMMEND

他寫的故事值得細細品讀

新聞台主播、主持人／何橞瑢

「我是辣妻何橞瑢，兼具美貌性感與智慧的何橞瑢。」

故事中，錯別字是這樣讓我出場的，難怪最近看他鼻子挺了不少。

認識錯別字的時候他還在別台跑新聞，好不容易在數年前他到了中天，我們從同業變成同事，卻因為組別不同、座位很遠、他長相猥瑣還有行為猥瑣以及言語猥瑣等等因素，彼此還是不太熱絡，頂多聽聞一些光怪陸離的話題總會想問他幾句，這才發現他只是嘴上愛提鬼魂，卻壓根沒有陰陽眼，當下完全有種買到假貨的感覺！後來開始會跟錯別字從公事聊到家庭、育兒，就在你準備默默對他增添個好爸爸人設時，他就會適時分享一點林森北經驗談……抱歉，談到錯別字真的特別容易跑題！總之真正了解他，是因為公司從電視台轉型到網路，錯別字有一天突然變成我同組的同事。

沒錯，假貨現在就坐在我旁邊，滿座位的符咒，很酷！漸漸的我發現，錯別字雖然「嘴很欠」，但其實是很紳士的人，開起玩笑總是精準拿捏分寸，有些觀點又特別通透成熟，看事情很有一套，就像民俗信仰不要盡信，那到底是信還是不信？他會很認真嚴肅帶你了解他的「鬼魂觀」！至於錯別字的鬼魂觀到底是什麼？我才不會直接講出來，請把書好好給看完！

當然，錯別字的鬼魂觀可能一點也不重要，但您只要對神鬼有那麼一點好奇，就很值得看看這本書，雖然後記經常出現很多（像這樣寫在括號的幹話），但文中所有以第一人稱出發的故事，都能一秒讓你進入情境，又總能在恰當的時機點帶你抽離縱觀此例，這是專屬於錯別字的文字藝術，更別說裡面還埋有一些驚喜彩蛋等你挖掘！

他是錯別字，他喜歡幹話連篇，但絕對值得讓人好好細品他筆下的故事。

推薦序❷ RECOMMEND

他的鬼故事特別有人味

《老Z調查線》主持人／周寬展

認識錯別字，是在不知道某年的夏天。

那時他外號不是錯別字，而是「羅百吉」，當時他在友台擔任社會記者，剛出道是個菜逼八，但圈裡很有討論度（人緣不錯），這樣的新人當主管的多少會注意一下，有天同事傳來他的照片，立刻留下深刻印象，「對，很像羅百吉。」他的本名是啥？我其實不記得。

漸漸地幾次聚會，隱約感覺到他有點深藏不露，除了好色這點霸氣外露，第二次對他有印象，是他要離開社會線，直奔中天的《神秘52區》。報到第一天我就問他轉線原因，他就說對獵奇神祕的事情很有興趣，一直以來是他的夢想，我拍拍他的肩，很欣賞追夢的人。

沒想到幾年後，中天被迫關台，《神秘52區》團隊也跟著轉型，而我正在拉攏新團隊成員，我想到了他，我又拍了他的肩，是在廁所並排澆水，我沒有洗手，「要不要來忤惡小組，我覺得你是個人才。」於是不乾不淨地開始《靈異錯別字》的旅程。

一般的聊鬼，要驚悚、要嚇人、要實景、要真實故事，最好有靈異照片、影片，畢竟想一探這世界的「粉絲」，哪一個不是想刺激一下腎上腺素，排解日常壓力。

但錯別字講鬼，不是粗暴如電影，而是先安靜再突然給你音量調最大的震撼，也是你我平實的生活中，可能都會碰到的「詭事」，貼切而平凡，而他講最多的都不是鬼，反而是人。

他的鬼故事特別有人味，看完會讓你思考、會回甘，能體會人情冷暖，或許還有鬼的苦衷，還有當記者的本能——求真。一件件的鬼故事就在你我周邊，都能讓你從中學到一些，該尊重的、該敬畏的，人與「那個世界」的規則。

然而最難忽略的，是他霸氣外露的「嘴砲」，是你我好友間常互嘴的幹話，不著痕跡地放在鬼故事裡，所以邊看你會不自覺地笑，收到的是「正能量」，這就是當初決定招攬他的關鍵。

他很與眾不同。

別看他嘴砲強，文筆卻很細膩，有空看看他的粉專《錯別字——賴正鎧》，就知道他如何把日常生活寫得震天價響。但大家就喜歡看他講幹話，追媽祖也能講幹話，鬼故事更是幹話連篇，這與眾不同的找鬼體驗，翻過這一頁，繼續看下去，你就懂了。

推薦序❸

RECOMMEND

在故事中獲得前所未有的驚奇與驚嚇

恐怖靈異 Podcast／偷聽史多利 Talking Story

在認識錯別字前，只聽說是位專門在找鬼的記者，當時就在想，大概是對靈異故事充滿熱情且超級大膽的人吧？畢竟專門去找鬼這種事不是每個人都做得來的。

但認識後才發現，錯別字確實對靈異故事充滿熱情，但膽子怎麼會比小朋友還小呢？這樣的人，又怎麼會想要去收集超過一百篇靈異故事來讓自己找罪受呢？當錯別字來到「偷聽史多利」與我們分享故事時，我們便明白其中原因了。

他在分享靈異故事時，除了故事內容，更會探討故事之所以發生的種種原因。靈異故事的恐怖，不僅是因為見到了沒見過的「東西」，更是因為祂們在成為「鬼」之前究竟經歷了些什麼，而這也正是我們一直認為鬼故事如此迷人的原因之一。

過去，人們總將「鬼」和「恐懼」畫上了等號，許多影視劇集裡出現的嚇人畫面更是加深了祂們的可怕。但有趣的是，人們雖感到害怕，卻又希望能得到祂們的庇佑，這豈不是相當矛盾嗎？或許，一切害怕的根源是因為未曾見過祂們，在這一切未知、不了解情況下而產生恐懼吧？

不得不說，即便我們在 Podcast 鬼界中已算佔有一席之地了，但還是經常被驚嚇到。畢竟突然有個陌生人出現在床邊或是在錄音時嘗試與你對話，還是挺嚇人的吧？無論如何，秉持著「不做虧心事，半夜不怕鬼敲門」的信念。就當作祂只是累了想找個地方躺一下或有事相求請你幫個忙吧！

總之，保持尊敬的心是絕對沒有壞處的。如果你身邊有相當鐵齒的朋友，偷偷告訴你，往往越是不相信鬼的人，越害怕鬼。找個機會扮鬼嚇嚇他們，你就會明白我們在說什麼了！畢竟我們已經收到無數的投稿內容，都是在他們認為自己鐵齒的情況下發生的。

最後，真誠推薦《靈異錯別字：夜訪百鬼》給每一位讀者。無論你是靈異故事的忠實愛好者，或是對於這未知世界的好奇寶寶，相信都能在不同的故事當中，獲得前所未有的驚奇與驚嚇。當然，也要溫馨提醒一下各位，倘若你看這本書時，覺得肩膀越來越重，千萬別慌張，一切純屬正常現象。畢竟故事中的「主角」一定也想跟你就這樣一直看下去。

推薦序4 RECOMMEND

鬼故事很恐怖，文字卻很搞笑

靈異恐怖動畫 YouTuber／凱莉粟說說

「嗨嗨，我是凱莉。」

如果你曾看過ＹＴ頻道《凱莉粟說說》，想必對我的這句開場白應該不太陌生。我跟錯別字認識，就是因為我的鬼動畫創作者身分，進而收到邀請且合作影片。

如同錯別字前言提到的一樣，「普遍的鬼故事是支離破碎的。」

我收到的多數投稿也都是短短幾句就結束。身為一個創作者，對於投稿的故事都會努力去推敲整個情節，確認每個細節，每創作一部影片就像是名偵探柯南上身（只差身邊沒有死亡事件）。

而從錯別字影片的精采程度，絕對可以看出其認真程度。在某個梅雨季剛結束，熱到不行的台北午後，我打開錯別字的書稿，看著目錄，吃著牛肉麵，看到整整二十八篇故事，一百多頁的書稿，我本打算隨興看個幾篇，然後再擠個幾百字出來當作推薦序（抱歉，請原諒我）。

殊不知，我卻默默在電腦前把全部內容都看完了……

雖然我創作鬼動畫，但我是個怕又愛聽的人，沒想到錯別字的故事很恐怖，文字卻很好笑。總在被錯別字的文筆逗笑時，緊接著恐怖情節卻嚇得我猝不及防。笑容來不及收回，瞬間又寒毛直豎。

書中某些故事，總會讓我想到很多曾看過的怪談。像是夢見反覆搭乘電梯，似乎在解任務，就讓我想起某個韓國怪談：如果按照特定順序，搭乘電梯到不同樓層並做出指定的動作，會到達異空間。

說來說去，我必須告訴你——

如果你喜歡鬼故事，本書恐怖精彩絕不讓你失望。

如果你喜歡民俗雜談，奇怪（黃？）的知識，不買這本書，你可能會後悔。

如果你喜歡錯別字的美色，他文筆跟人一樣帥氣。

如果你膽小又愛看鬼故事，這本書絕對滿足你兩種需求。

我跟錯別字有各自熱愛鬼故事的理由，鬼故事是一種希望，畢竟人死後的世界至今無法證明，如同我高中化學老師的口頭禪「看不見，不代表不存在」，雖然老師指的是原子粒子……

有時我會收到雖然恐怖但是卻十分悲傷的鬼故事，是的，我跟錯別字一樣的想法：「鬼不恐怖，恐怖的是人心。」

不曉得你看鬼故事的原因是跟我一樣想證明什麼，或想追求什麼，亦或是單純怕又愛聽的被虐傾向。

錯別字的書，三個願望一次滿足。

推薦序❺ RECOMMEND

靈異故事卻帶給讀者滿滿的正能量

奇門遁甲專家／黃濤

《靈異錯別字》小的絕對是鼎力大推，正鎧的文筆更是恐怖中帶些幽默風趣，不在話下。臉書粉專叫《錯別字—賴正鎧》，請大家搜尋點「讚」。

說起我與錯別字的相遇，其實因為家父「郭定陸」老師的關係，十年前就已知道彼此的存在，但真正要說從認識、熟識、最佳好夥伴到家人的過程，勢必與我們倆合作的YouTube 頻道《全能夜露喜ＫＵ》有關連。

頻道第一次開拍前，領隊老大仁哥（專業製作人）、晴明（靈異探險始祖）約了個地點開會，討論接下來的流程，當時是我第一次與錯別字肩並肩坐在一起，是的，能跟「中天新聞台的主播」坐在一起，小弟感到「與有榮焉」。

還記得那次的相遇，我看錯別字身高又高、體格又好，看起來文質彬彬、氣宇軒昂、知書達禮，但原來背後是位背骨仔、欺負父母、拋家棄子的真男人，只怪我無能，偏欣賞這樣的男子漢。

對於包羅萬象的玄學、神鬼等等，錯別字都是抱持著「非常尊重」的態度，除了欣賞他的口才、文筆、靈異鬼故事，鏡頭外的錯別字拍靈異外景，進入場地前，每次都會準備供品給無形的能量（孤魂野鬼或等級更高的負面能量），並請小弟用符咒科儀讓這些無形能量好聚好散、早日投胎，當時的我心想這人還真是有禮貌，好像不是裝出來的。

對了！關於前面提到的「與有榮焉」與「尊重」，我就像小粉絲一樣尊重他，他說錄什麼，我就錄什麼，他說下班後陪他去林森北路我也得去，畢竟他現在是當家主播又出書，當紅炸子雞，他現在都用下巴在看我。

總之錯別字的鬼故事就與本人一樣，人前安安靜靜，看到後面越來越精彩，即使是靈異故事，也能把正面能量、活力帶給讀者，這樣正面的磁場非常棒。而故事的「起承轉合」與「恐怖」描寫漂亮外，內容中更包含了幽默風趣、尊重、知識、學習等全方位的元素，絕對值回書價！

推薦序❻ RECOMMEND

活用統整了每一位受訪人的精華

網路人氣角色漫畫家／微疼

記得第一次見到錯別字本人是在經紀公司經營的「貳號基地」咖啡店進行採訪，主要是受邀在錯別字ＹＴ頻道中訪談有關鬼故事創作的起源。

這類型的採訪我早已司空見慣，畢竟做為ＹＴ鬼王受到各種靈異節目和頻道邀約也是幾乎沒缺席過，但那回的採訪，讓我印象深刻的是除了錯別字本人專業又不失幽默的採訪之外，在他身上竟然還能聽到更多新奇的故事和發掘寶物！

我認為每個人都是一本活體教科書，能多認識一個人就是多聽一則故事，多體驗一次不一樣的人生。

錯別字因為記者身分的關係，職業生涯中他所能接觸的人事物很廣，相對地獲得的人生故事更是精彩，這也是我最望塵莫及的真實體驗。

如果說我是用腦力激盪在寫故事、創造故事的話，那麼錯別字就是活用統整了每一位受訪人的精華，提煉了各領域的巧思集大成來寫在這本書裡面。

看到這裡，如果你已經躍躍欲試了，那讓我來說句——「故事，開始囉！」

推薦序❼ RECOMMEND

似曾相識的故事情節，讓人背脊發涼

《新聞龍捲風》主持人／戴立綱

「最新天氣訊息，小叮嚀提醒您。」大家最了解的我，就是氣象播報。我學氣象，我是一位任職電視台十八年的專業氣象主播。二〇一二年當馬雅末日正在倒數時，我開創了《新聞龍捲風》，當時節目的宗旨：做到二〇一二年十二月二十五日，世界末日。「上知天文、下知地理，我是戴立綱，歡迎收看新聞龍捲風。」但，世界沒有末日，新聞龍捲風也就經歷十年的時間，世界依然存在。雖然疫情，打亂了大家的生活。但是新奇的事物以及世界上所有未知，或是不可知的事件，仍然是大家所好奇與關注的。

這次我要特別推薦——《靈異錯別字》賴正鎧。寫推薦序對我來說，是一件容易的事情，但在夜深人靜的晚上，準備振筆疾書要寫書序之時，突然想著：「鬼故事要怎麼寫推薦序啦！」深夜的靈感，看著賴正鎧這本新書的內容，有著深刻的感想，沒有親身採訪，親自體驗，要有這樣與鬼接觸的內容，可真是不容易。賴正鎧，這一路與鬼打交道的走來，努力堆砌出來的精彩故事全集，書中不只看到真實發生的靈異接觸，也進一步認識「錯別字」這個活潑直率，又能寫出鬼書的創作家。

平常的我，喜歡深夜時刻騎自行車隨處遊蕩，常常和《新聞龍捲風》團隊開玩笑說，深夜去河濱公園不要亂看，小心水裡面有「水流屍」，其實我曾在大稻埕碼頭旁看過漂浮在水上，深夜也看過投河自盡正在打撈的場景。另一個世界的事物，你千萬別輕易去接觸，危險喔！記得有一次林正義老師來《新聞龍捲風》錄影，他來到節目現場，先和我握個手，隨口說道，「不好意思。我剛才到觀音山收蔭屍，才收拾完，屍體沒腐化，頭髮還變長了。」接著他把兩個法器放在他的來賓位置上，當下我心中想著，他有沒有洗手，會不會剛摸完那具……就來到攝影棚，會不會帶進攝影棚，哈哈哈——心情感覺真是五味雜陳。

隔了幾週，我們節目剛好請來一位通靈人士，我就好奇問他，我們攝影棚有幾隻阿飄，那位大師一看就說，「有兩隻喔，一隻在攝影棚門口上方，另外一隻站在兩位攝影大哥中間。」哇靠，好兄弟真的覺得《新聞龍捲風》太有趣，看錄影後，捨不得離開留下來了。

錯別字所撰寫的鬼書，書中用第一人稱貫穿所有的故事，閱讀時候不會有任何疏離感，你會融合在書中情境，輕易地變成書中故事的一個角色，題材蒐羅了電視台、電梯、恐怖的浴室……，完整記錄了恐怖事件發生的過程和後續發展，每篇故事簡單明瞭，睡覺前看一兩篇，讓你的睡眠增加更多作夢故事情節，當下看完覺得似曾相識，但闔上書本再去回味，思考故事中的細節，讓你雞皮疙瘩都起來，毛毛的感覺，讓人背脊發涼「適當的恐懼感」。

平時不做虧心事，夜半不怕鬼敲門，好兄弟雖然與我們生活在同一個空間，敏感的朋友可能感受到，但是一般人難以感受，透過《靈異錯別字》這本書，讓你真實感受到你沒有感受過的「阿飄經歷」。

前言 — FOREWORD

睡前一則鬼故事

「睡前一則鬼故事，大家好！我是錯別字。」

這是我在中天電視YT節目《靈異錯別字》每集的開場白，這一拍也拍到一百集，說這麼多鬼話沒被公司要求閉嘴，真的很謝謝中天長官們的大心臟與大肚量。

就這樣說到……有一天，有個念頭敲進腦袋：「都說了一百篇鬼故事，不如整理整理來出一本書吧！把一些沒在影片中說的寫下來。」

於是乎有了你手上在看的這一本。

看到這或許你會有個想法，這也是我最常聽到的提問：「你哪來這麼多鬼故事？是不是瞎掰的！」

如果是瞎掰的，那你也該佩服我有辦法掰一百篇；那不是瞎掰的，何來這麼多鬼故事？

我解釋給你聽——

你活到現在，一定有遇過一些只能用靈異現象解釋的經驗吧！那就算是一篇鬼故事了，就算沒遇過你也聽過，而且周遭朋友說不定就有遇過，所以鬼故事是很多的，但重點在於**「普遍的鬼故事是支離破碎的」**。

誰遇到鬼會叫對方等等，拿出手機開始錄影並訪問，跑跟叫都來不及了，所以很常遇到的投稿內容是這樣：

「錯別字你好！我想投稿，有天半夜睡到一半，我身體不能動，旁邊有個人影，我被鬼壓床了，完。」

對，這當然是一篇鬼故事，但如果我把這篇故事，寫成這本書的其中一篇——時報出版會跟我解約。

所以第一步，我要幫忙篩選又或者讓對方想起完整的故事。

完整的故事會有「起承轉合」，一般的撞鬼經驗只有「起跟承」，少了「轉跟合」，舉個例比較好懂。

有天我在《錯別字—賴正鎧》的粉絲團信箱看到，投稿者A的私訊。

投稿者A：「錯別字你好！我想投稿。」

我：「看你大頭照，分不出你是男的女的？」

投稿者A：「我是男的。」

我：「嗯——我很忙，改天再來。」

投稿者A：「可是我的故事很恐怖，而且眞實發生在我身上……那我打在這邊，你有空再看看可以嗎？」

我：「嘖——」

投稿者A：「你剛剛是不耐煩嗎？」

我：「不是，我剛剛在吃雞排，有雞絲卡在我齒縫，嘖——」

投稿者A：「好，那我開始説囉！我們學校男宿三樓的廁所，第二間的大便間，到了晚上會有女鬼在哭，就這樣。」這就是「起」。

我：「就這樣？你這只能説是開場，你有遇到女鬼嗎？」

投稿者A：「有！在我大三的某天晚上，我在打英雄聯盟（LOL），打到凌晨三點忽然肚子痛，可能是剛剛吃泡麵加生蛋的關係，害我打到一半去烙賽。」

我：「馬的！我最討厭中離的人……」

投稿者A：「但我忍不住啊！然後就遇到那個哭泣女鬼，嚇得我跑回房間。」

我：「它在爲你隊友哭泣啊！所以你有擦屁股嗎？」

投稿者A：「有，嗯——我記得應該有，重點是之後我就很帶塞。」

我：「很帶塞就是沒擦屁股啊！」

投稿者A：「你可不可以好好聽我說故事！」

我：「對不起！」

投稿者A：「總之我變得非常塞，打LOL連輸一個月，女友跟學長跑了，打工回家騎車被內輪擦撞，腿斷掉住院……」這就是「承」。

故事往往說到這就沒了，「轉」的部分投稿者往往很容易忽略，但偏偏對我來說，轉**是整則故事最恐怖的精華。**

所以為了幫助投稿者A回想，我要陪著他回到大三，去找出那段最恐怖的轉折、那個最嚴重的事件、那個讓A君意識到：「幹！我被鬼卡到了！要怎麼辦？」的那個瞬間。

投稿者A：「後來我親眼看見女鬼，它甚至還對我笑，所有男宿只有我每天晚上夢見它。」

我：「你都沒做什麼處理嗎？好比去拜拜。」

投稿者A：「有——我想到了，我室友看我這樣，要我去他阿公的宮廟，拜三太子。」

我：「阿公怎麼說？」我要準備寫「合」，寫最後的結尾。

投稿者A：「阿公說我跟女鬼有緣，當初的車禍要不是它推我一把，我就被內輪輾死了，阿公還說要不冥婚吧！反正我女友也跟學長跑了。」

我：「所以……」

投稿者A：「所以我們要結婚了，這是我的喜帖，你會來嗎？」

我：「恭喜你……但，我要包白包？還是紅包？」

投稿者A：「紅包，是喜事。」

這就是一篇有因有果、有頭有尾的鬼故事。

我以起承轉合撰寫每一篇鬼故事，無形的起承轉合也貫穿這一百集的脈絡。從一開始因為興趣分享過去採訪的鬼故事，到撰寫網友的鬼故事投稿，轉變成為解析每一則故事背後的民俗真相，合集成這一本書。

不過就以這樣來說，我只能算是作者而不是記者，記者最大的使命是求證，但我沒辦法跟鬼求證。我不會為了出書，騙你們說我有陰陽眼，我也沒辦法去找A君要他半夜入洞房時＋1，架攝影機全程拍攝，就算A君點頭，那也只能拍到他裸露屁股在空氣中前後搖擺，畢竟目前的技術還沒有一顆鏡頭是開過眼的。

因此求證的部份就仰賴書中那些民俗專家或廟方人士，我把故事說給他們聽（或找當事人一起來說），以他們的專業來評斷癥結，進一步給出建議。

插播一則快訊，為了讓說故事順暢且需要保護投稿者隱私，所以人名、時間、事發地點等等，會做微調但不造假。

前言看到這，你們應該會知道我的調性比較幽默（下流），故事難免會有些玩笑，只希望看鬼故事了解民俗觀點是不用太過緊繃的，也請不要太過認真，如果有我說不對的地方，很感謝您的指教，民俗鬼故事、傳說、怪談這世界觀太大，我要學的地方太多。

接下來你所看的故事，都是擷取ＹＴ頻道《靈異錯別字》的內容，如果你覺得不錯，最後都有附上《靈異錯別字》的集數，看完文字再聽故事，是的，我就是拐你的點擊率。如果你想看《靈異錯別字》請到ＹＴ頻道搜尋「靈異錯別字」，或是掃描封面折口QR Code，按讚、分享、留言、開啟小鈴鐺。

PART 1

靈異錯別字的誕生

CHASING

INVESTIGATION

THETRUTH

01

上帝關了一間電視台，卻開啟你們小鈴鐺

二〇二〇年十一月十八日，各家新聞輪流報導ＮＣＣ拍板定案關掉中天新聞台的消息，我記得當時正在院子洗車，聽到媽媽在客廳驚呼一聲，以為是菸灰缸砸到她的小拇指，衝進客廳看見發抖指著電視的母親：

「兒啊！你……你沒工作了啊！」

菸灰缸沒事、我媽小拇指沒事，但我有事。

公司馬上展開Ｂ計畫，每天有開不完的會議與決議，一艘大船甩尾轉向從「電視新聞台」轉為「網路新聞台」。

我也從《神秘52區》專題記者轉為《忤惡小組》民俗記者。

轉變我人生的是一位男人。

那是一個滂沱大雨的下午，老天正為中天哭泣，我站在男廁最裡面的那個小便斗，低頭望著窗外，看著騎樓被淋濕ＯＬ的半透明襯衫，此時老Ｚ默默走到我左邊那個小

便斗拉開拉鏈。
男人尿尿是這樣的——
第一個男人進去，多半選最裡面那一個位置；
第二個男人進去，會選離第一個最遠的位置；
第三個男人進去，會站在第一跟第二的中間。
很少會挨在別人隔壁尿尿，但老Z卻這麼做，肯定有鬼。
他看了看大便間，沒有一個鎖頭是紅色的，才壓低音量跟我說：「錯別字，要不要來到我們組上？」
我說：「社會組？」
老Z：「不！」他鏗鏘有力的糾正，讓我尿柱瞬間斷了一下又接上去，「我們現在成立忤惡小組，專門做兇殺意外和獵奇怪談，你是個人才，加入我們吧！」
我兩手抓著龐然大物，轉頭看著老Z像安麗，廁所內除了瀑布洪水聲，一切顯得安靜且緩慢。
我說：「老Z謝謝你，但好不容易從硬梆梆的電視台，轉到無限大的網路世界，我想換個線路，不想繼續走民俗線了。」

老Z沒想到我會這麼說：「什麼！那你要轉哪一線？」

我說：「我想轉風俗線，深入探討八大行業女子背後的辛酸故事。」

老Z說：「你要從背後深入八大行業女子……寫成辛辣故事?!」

老Z果然資深，重新排列順序改成聳動標語，不忘加個問號、驚嘆號避開糾紛，但我聽起來也不錯，就也沒糾正他。

老Z丹田用力一收，拉鏈一拉，兩手沒洗搭在我肩上：「好！我尊重你的決定。」

當週，我從五樓搬到六樓，正式納入忤惡小組，負責民俗線，至於風俗線恐怕還要再等等。

起初，我連節目名稱都沒個頭緒，老Z就幫我取了《靈異錯別字》，我說為何不取「錯別字說鬼」、「錯別字鬼故事」、「三十公分錯別字」之類，老Z說「靈異」這兩個字比較少人用，所以比較好在YT被找到，我問那「三十公分錯別字」呢？老Z叫我閉嘴。

再來就是拍攝形式，如果是老司機就會知道，一開始都是：

「我用一個買早餐的時間，說一則什麼什麼鬼故事……」

「我用一個大便的時間，說一則什麼什麼鬼故事……」

那是因為當時我手邊還有一檔房產節目，所以真的沒時間好好的來拍《靈異錯別字》，才會用「一個什麼的時間說一則鬼故事」，後來有時間，就坐著好好說。

節目背景大概了解後，接下來我會以第一人稱的方式，改編真實故事說給你聽……

02

基隆「廢棄眷村」揭「高大女子」之謎

新聞有所謂的「黃金七秒」，最精采的內容要放在開頭的七秒鐘，所以我選了這篇當開頭。

這是我找鬼五年最接近鬼的一次，甚至三年後，故事竟然出現反轉。

二〇一九年，受訪者兼好友晴明 LINE 敲我，他是一位接觸鬼比接觸人還多的靈探家，他說基隆暖暖有片廢棄眷村，其中一間屋子裡有隻洋娃娃，到了半夜自己會動！

我說是《玩具總動員》嗎？他沒理我。

我翻了行事曆，下禮拜就是鬼門開，所以我們約好當晚十二點行動，跟著好兄弟出遊一起走走，但是走到那間屋子看了一晚的娃娃，娃娃不動就是不動，我給晴明一個臺階，說可能是沒電了，他一樣沒理我。

但恐怖的事情，是在上車之後。

車子行駛在高速公路，採訪車駕駛忽然問我：「剛剛

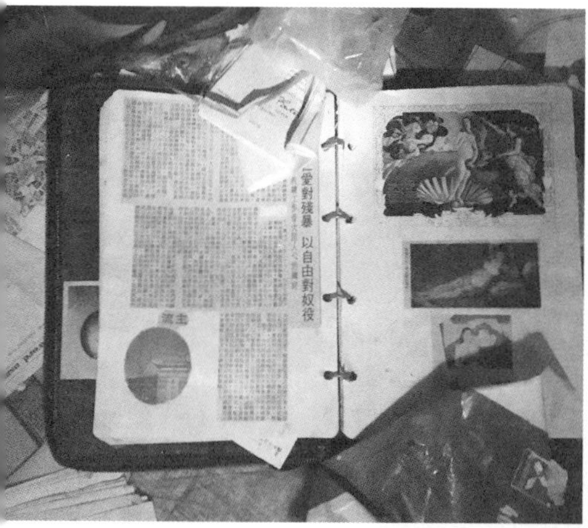

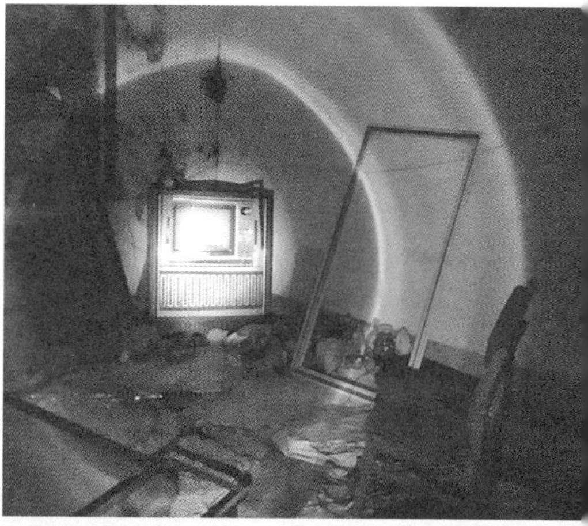

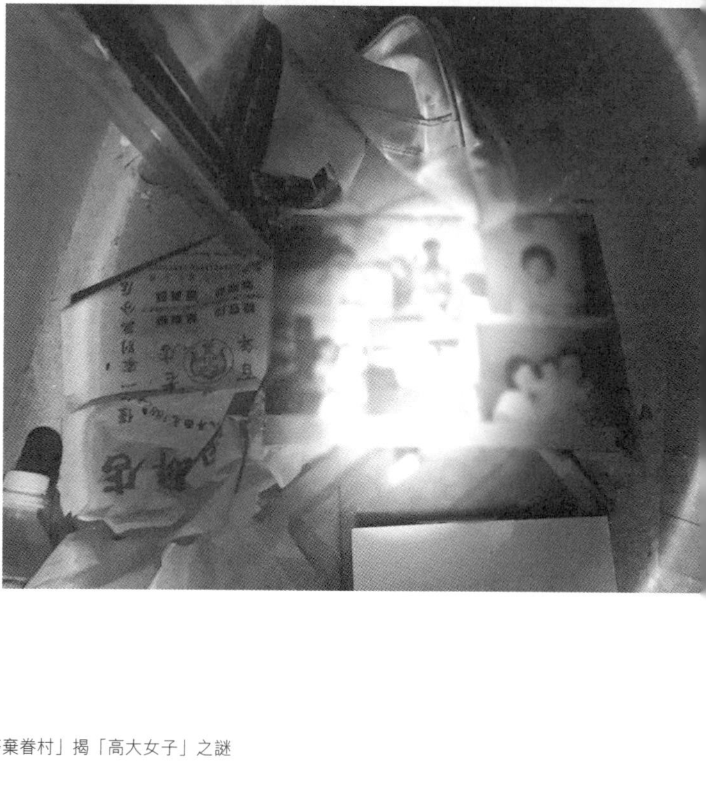

眷村屋內遍地雜物。

有個女的去找你們，你們有看到嗎？」

我在副駕抬頭想了一下：「沒啊！有嗎意欽哥？」

意欽哥是我的夥伴，一位幹了二十年的資深攝影記者，他在後座搖搖頭。當時他正兩眼死盯手機，時不時聽到陣陣呻吟，想必又在看穴位按摩影片，但駕駛不死心繼續說：「有個很高，快一百八十公分的女人，眉毛很淡，用襯衫把頭纏住只露出眼睛，然後穿著毛衣提著塑膠袋。」

駕駛越描述我越毛，因為這完全不像瞎掰，加上這位駕駛出了名一板一眼，我試圖用一個玩笑來緩解：「你見鬼了吧！哈哈哈……」

駕駛用力回我：「不是！她繞過我車頭三次，第二次我下車還跟她對眼，三次她都往你們採訪的屋子走進去。」

我偷偷傳 LINE 給意欽哥：「我覺得他見鬼了。」

意欽哥秒回：「我把五雷令護身符握在手上了。」

意欽哥怕是正常的，因為現在車上唯一的空位，就在他旁邊。

所以那女的是人還是鬼？你硬要說她是人也可以，畢竟駕駛沒說那女人是捧著頭走過去，但鬼門開的半夜十二點廢墟裡頭，出現這樣的女子，問十個人加路人十一個都會回說是鬼，也因此這一段過程，不論是我上節目或在前一本《鬼獨家：找鬼記者靈異事件簿》的書中，我都有拿出來分享。

直到有一天，一位網友私訊我：

「錯別字，我好像知道她是誰。」這故事又繼續下去——

這位網友叫做 Tim Lin，他都有看我的 YT 節目《靈異錯別字》（對，我在打廣告），所以他自然有聽過我常提到的「基隆廢棄眷村」、「無眉高大女子」，而以下就是 Tim Lin 打給我的內容：

「錯別字您好：

在看完貴節目基隆廢棄眷村的影片後，突然勾起我小時候的記憶。

我與錯別字是同年出生（算年輕吧？），在國小時我是居住在基隆市暖暖的某社區住宅，我常常在社區內的遊戲區玩耍，在那裡有很多社區的小朋友，以及年輕少婦媽媽。

大約在我國小五年級到六年級左右，我們這棟大樓搬來了一家四口，是有著混血兒外貌的美麗年輕辣媽，以及一對可愛的兒女（大約5～6歲），還有高顏值帥哥爸爸。

在遊樂區內我會跟她的孩子一起玩，這個媽媽總是會跟著孩子一起行動，感覺就是全職媽媽，相處時間久了以後，這位美麗的媽媽對我越來越信任，甚至將孩子交代給我幫忙照顧，我也跟這位美麗的媽媽有了互動，還曾經邀請過我到她家去喝果汁、吃餅乾。

他們家非常漂亮，裝潢的美輪美奐的，感覺上家境就不錯！

有一次還在搭電梯時巧遇了她的先生，他是一位西裝筆挺的上班族，同樣有著極高顏值（大概就像是伊正、邵昕那種類型），對人也是彬彬有禮。

忘了過了多久，有好一陣子沒有看到那兩位小朋友在社區內玩，也很久沒看到這位混血兒辣媽。

直到有一天，我搭了電梯下樓，準備往社區大門走去，眼前的一幕實在是讓我留下深刻的陰影！這不就是那位混血兒辣媽？我驚呆著看著。

她那烏黑亮麗的長髮已變成火雲邪神的造型，看起來是胡亂剪的那種，有長有短，有的

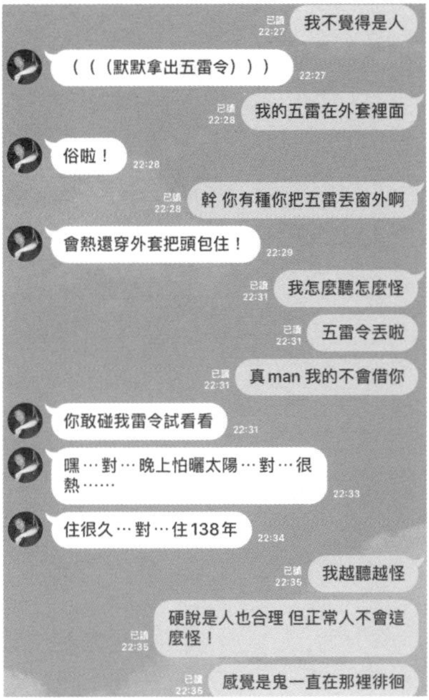

當時與意欽哥 LINE 對話。

駕駛大哥一人停車在外面等我們，就在這裡遇到那「高大女子」。

地方短到看到頭皮，有的地方很長。她眉毛也全都剃光，外型很是嚇人。但還是可以看出她就是那位混血兒媽媽，因爲她身高滿高的，大約一百七十公分上下，皮膚白皙、身材姣好。

從此再也沒有看過她的先生和孩子們，獨留她常常自言自語、傻笑，在社區內進進出出，甚至好像也不認得我……

她的穿著搭配變得很無厘頭，把褲子纏頭上、夏天包棉被出門、冬天穿熱褲，有一次還在社區大廳看到她穿著一件白色棉褲，但褲子上滿是鮮血，我嚇得閃到旁邊深怕擋到她的去路。

當時我想她可能未滿三十歲，如今也有五十歲左右了吧？與錯別字先生在節目中形容的很像，身材高大、皮膚白皙、沒有眉毛、穿著怪異，讓我聯想到這個故事。

事後偶爾聽到社區內婆婆媽媽在談論這個人，有的人說是婚姻失和、有的人說是發瘋，甚至聽說她常常跑去廢墟不知道在做什麼？但婆婆媽媽的言論往往不是很準確……也已無從考究。

我現在也沒住在那社區了，不知道這個人還在不在那個社區……

我是貝大爺（Tim Lin），我愛看鬼話連篇的靈異記者——錯別字，但我不胡說八道。」

後記

如果有機會，我很想回到那個社區裡頭好好問問附近的耆老、里鄰長，或許可以從他們口中找到更多塊的拼圖。

其實不單單Tim Lin，一直有不少網友回饋我說過的故事，好比「侯硐貓村的紅屋凶宅」，也是網友看完影片再回想，才發現前男友個性劇變似乎與那間凶宅有關，這故事後面會說到。

還做過一條發生在台北市，某大飯店的「紅衣輕生斷電案」，從警方、知情人士、死者相關人等等，都理出許多平面報導之下的故事，但這一篇牽扯太廣，而且沒有實質的證據，所以後面不會說到。

你是不是覺得很有趣，一則鬼故事投入網路大海之中，漣漪波盪出更多水面下的故事，如果中天沒有關台，現在的我還是持續在做《神秘52區》專題新聞，沒有不好，但就聽不見故事的回音，也找不到更多拼圖。

所以當上帝關了一家電視台，但祂卻開啟了你們的小鈴鐺。

故事收錄在《靈異錯別字3》。

03

墓園豪宅「留遺書」，說鬼阿飄「圍著聽」

物以類聚。

因為我一天到晚寫鬼故事跟找鬼新聞採訪，吸引到一票牛鬼蛇神，我就是在說ＹＴ頻道《夜露喜ＫＵ》。

這個專門找鬼夜遊團的團長，就是晴明，邀約我跟製作人仁哥見面後，很快的我就加入《夜露喜ＫＵ》團隊，整整一年的生活就是平常上班做新聞、說鬼故事，星期五下班再跟《夜露喜ＫＵ》去各大鬼屋探險，為何我這麼認真？

其實我算是被設計，之後解釋。

切入故事，二〇二一年某個星期五的深夜，團隊一行人踩在新北市深坑某處墓園的路上，夜色濺滿墨汁，黑壓壓的一片僅靠一輪月光，勾勒出四周些許輪廓，偏偏天空劃下細細斜雨，時不時模糊鏡頭。

第一站，我們要去「墓園倉庫」，據傳之前是一位墓園管理員的住所，但有天他卻莫名死在裡頭。
不論傳聞真假，這簡短的描述我聽了就很不想去，你可能不知道，我雖然是寫鬼故事找鬼新聞，但我很怕鬼。
團隊魚貫挺進墓園小徑，我的前面是女團員ＣＣ亞，當初仁哥就是拿她照片騙我進到團隊，因為她真的很美！
那天ＣＣ亞穿著白色小背心，挖空的雪白肩頰骨我盯了一晚，但越看越奇怪，怎麼她背上的痣越變越多？我把手電筒照過去才知道——**那全是在吸血的蚊子**。
當我還在算有幾隻時，隊伍停了下來，最前頭的仁哥跟晴明正在煩惱。
仁哥問：「欸！那間倉庫呢？不是在這嗎？」
晴明靜靜吸著電子菸，眼睛盯著手電筒照著的地面，隨後吐出一縷煙也吐出一句話：「倉庫好像被燒了……」
仁哥低頭一看，焦黑的木梁跟殘骸，四周一片捲曲萎縮的枯草，儼然成了火場證據，涼了。
正當我哼著歌慶祝不用去這鬼倉庫時，仁哥馬上改口：「附近還有一棟廢墟透天別墅，錯別字我們改去那裡看看。」我真心不明白，為什麼他們知道這麼多鬼地方。

隊員之一的阿堯，走在第一個揮開山刀劈雜草，「嗯嗯啊啊……」的聲音從我後面傳來，唱歌的是奇門遁甲師黃濤，他歌喉不錯但歌詞下流，背著羅盤一路哼哼唱唱，其實當時我跟他還不熟，對於一個「民俗老師」該有的樣子，我停留在港片「林正英」的形象，但眼前的黃濤，卻像極了香港三級片的「曹查理」。

走了十五分鐘，眼前聳立一棟灰白三層樓的別墅，兩旁搖曳的樹枝像一隻隻招我們進屋的手，當下我是又害怕又感嘆：「怎麼這棟不也一起燒了呢？」

來到大門前，黃濤用奇門遁甲找出廢墟豪宅中的「極陰之地」，簡稱「陰地」，意味最危險也是風水最不好的地方，晴明要黃濤算出陰地，不是要我們小心，而是要我在陰地之上說鬼故事。

老師轉了轉羅盤，手往旁邊一指：「這！這就是最陰的地方。」

大家順勢看去，是一處懸崖，我忍不住開罵：「要我跳崖說書？」

黃濤低頭沉思，再往另一處指：「那就是這了，應該說這方位的一樓二樓三樓，都是極陰之地，三層陰地！」

就這樣，一樓是廁所，不適合架機器也不適合蹲馬桶說故事，頂樓上不去，所以只剩二樓的房間可以拍攝。

說是廢墟，但從客廳桌上的阿Q桶麵跟洋芋片，都證明這裡不久之前還是有人活動過，是誰會躲在墓園的廢墟透天別墅裡，這就不知道了？

二樓房間格局很特別，睡覺的地方是架高到大腿的木地板，地上是散落的催繳信件、法院通知單和雜物，我爬上去環顧四週，忽然牆上一張紙莫名飄動一下，我眼睛撇過去。

牆上貼了一張遺書──

「這裡沒熱水、沒東西吃，要是再這樣下去我一定會瘋掉……等我死了，你們就關不了我了……絕筆。」

看字跡我猜是個男生，字體方正、下筆很重，一筆一畫像是刻在紙上都凹陷下去，雖說是一張薄薄的紙，卻承載強烈的死亡壓迫，正當我想離開房間，一轉身仁哥已經架好夜視錄影機，並遞給我迷你麥克風，再請我坐在不知何時擺好的椅子上。

我不敢置信的問：「你要我在這裡說鬼故事？仁哥，這裡有一張遺書啊！可能死過人啊！」

仁哥繼續一手推我，一手往前請：「賴主播——這邊請坐。」

我不死心的掙扎：「仁哥你要想清楚啊！」

仁哥盯著攝影機對焦，沒抬頭的說了一個道理：「感到恐懼，才能說出恐懼。」最後比一個ＹＡ，就留我一人去外面抽菸。

我硬著頭皮，開始說起鬼故事，當晚我說了哪一篇自己也忘了，因為整個神經都緇緊在牆上的遺書，好像遺書有了生命，紙張會跟著我的故事情節點頭。

不知道是我太緊張？還是說鬼故事改變了房間磁場？我的後腦杓開始發脹，只要我後腦杓發脹，就表示有不乾淨的東西，我往右邊一看，原來是黃濤走到房間裡，他站在房門傻傻對我笑，跟我對眼之後又滑進房內一點，繼續笑。

那笑容看起來更像曹查理。

平常黃濤找完陰地就不會理我了，但這次他卻很有耐心的站在房間聽完故事，聽完還幫我把器材一起收好，一起下樓，當下我有懷疑，他是不是假黃濤？

我們循著剛剛雜草小徑離開，他走在前面沒哼歌，反而是認真的說：「剛剛我會進去，是因為你在說故事時，我感覺到不少好兄弟也進去聽。」

我驚呼的問：「你有看到！」

他冷淡的回：「我看不到！」

我說：「那你怎麼知道？」

他回：「我感覺得到！」

黃濤說，之前我說鬼故事，多少都會有好兄弟靠過去，就像記者在外面連線採訪，路過的民眾也會好奇。

但我又問：「既然每次都有好兄弟，這次你幹嘛跟進來？」

黃濤沒說話，等走到地勢較平的地方才說：「因為這次我感覺到……有位不友善的好兄弟進去了，所以我就進去看看，這樣你比較安全。」

我頭皮發麻：「是那位留遺書的……好兄弟嗎？」

黃濤說：「我不知道……我只感覺得到有股刺刺的能量跟我擦肩，但我不知道是誰？不過我進去之後，它就離開了。」

▼後記：

經過這次生死關頭，我認定了黃濤就是我兄弟，即便他外貌猥瑣，但他依舊是我兄弟。

從以前做《神秘52區》到現在《夜露喜ＫＵ》，只要去廢墟鬼屋這種危險的地方，我一定會要求隨行一位民俗老師，但我看有很多團隊去探險是不帶的，這沒有對錯，就像打炮戴不戴套。

戴了沒有感覺，畢竟老師在鬼不來。

沒戴很有感覺，不過出了事就別哀。

我個人是一定戴，不論是套子或是老師，因為我向來怕出人命。

故事收錄在《靈異錯別字16》。

貼在牆上的遺書，不知道是心理作用還是真的，在沒有風的房間這遺書會不自覺飄動。

箭頭指的就是遺書。

我說鬼故事都會請好兄弟抽根菸。

正在看羅盤的曹查理。

04

辦公室有鬼！奇門遁甲「賺錢」又驅鬼

因為上次的遺書豪宅，我開始對奇門遁甲有點興趣，畢竟光是看看羅盤就能算出陰地，而且一去還真是留有遺書最陰的房間，但就算我跟黃濤認識這麼久，我也只能知道大概。

奇門遁甲可以用來「算風水」，也可以用來算「良辰吉時」，甚至可以「化煞驅鬼」，前兩項你也許不意外，但第三項的化煞驅鬼就有點奇怪。

接下來我會以第一人稱的方式，改編真實故事說給你聽。

「我叫小胖，這是發生在我們辦公室裡的故事。」

我是一間金融公司的高階主管，二〇一四年底，我們公司租下位在台北市，某條大馬路旁的商業大樓一整層當做分公司，我不能直接點出公司名，因為一說你就會知道了。

我帶領的團隊就被分到那間辦公室，坦白說我們部門的業績很好，被遷來這邊是當領頭羊，而我也很有機會在這往上爬一個官階，但不知道哪裡卡到？我一進到這新的辦公室，業績直直落，每次都差一點點就達標，這也算了，大家還在傳這間新辦公室，有鬧鬼……

一些加班到半夜的同事說，只要電梯到四樓門一定會打開，探出頭一看卻一個人影都沒有，但也有不同版本，說有時門一開會走進一個男生。

他穿一整套西裝，裡面套著黑色毛衣，看起來是別間公司的業務，進到電梯裡低頭不語，當電梯緩降一樓的震動，正準備踏腳出電梯才會發現——**那個男生不見了**。

故事聽到著，我覺得就是弟弟妹妹的鬼扯。

直到這天，我遇到了。

那晚，我整理組上資料到十一點，整層辦公室一格格的蜂巢只有我還在，伸個懶腰按了一樓，閉眼聽著電梯馬達運轉聲，電梯一震門打開，我以為一樓到了，結果電梯停在四樓。

探頭一看，什麼人都沒有，在這當下我還沒想到「四樓有鬼」的傳說，只是把身子縮回來繼續閉眼，但即便閉著眼，我卻感覺到電梯裡多了一個人。不用環顧，**因為電梯就這麼小，眼睛往旁邊鏡子一撇，就反射照出一個男生站在我旁邊**。

我這下傻了，心裡不停的問：「剛剛四樓明明沒有人啊！」「它是怎麼進來的？」「它到底是誰？」

我不敢轉頭，只能不斷偷偷去瞄鏡子，隱約看到西裝和黑色毛衣！心臟跳得整個電梯廂都是回音，四樓到一樓明明很短，卻感覺我跟它是一輩子。

一樓一到我逃出電梯，但逃不了接下來的惡夢。

當晚我就發燒，一整晚反反覆覆又冷又熱，第二天請了假，燒到下午總算退燒，渾身是汗走進浴室。

卻在煙霧繚繞中隱約看見一道黑影晃過，第一次我以為燒到眼花，但第二次去廚房開燈又看到一道黑影時，我知道我把電梯男鬼帶回家了。

那時候我已經有女友了（現在的老婆），感情世界三個人真的太擠了，女友原本要來我家照顧我，但我又不敢開口跟她說：「現在我跟一個男鬼同居。」只能婉拒要她別擔心。

於是我決定，第二天上班前去廟裡燒香拜拜，拜完回公司大樓問問保全，他一定最清楚這棟大樓所發生的事情。

請大哥抽根菸的時間，他說起幾年前我們那一層樓，有個男生因為跟長官發生爭執，事後又處處被刁難，有天想不開一躍而下，摔死在四樓陽臺，而且**「死者生前的辦公室座位，應該就是我現在的座位」**。

大哥要了第二根菸，我還幫忙點火：「那間公司沒多久就收掉啦！我看也沒找法師處理，死人之後，公司賠錢，哪有錢找法師啦，所以才退租輪到你們，你跟你底下說要小心！不要加班太晚，免得遇到它，哈哈哈！」保全大哥你不知，我不只遇到還帶回家。

我覺得這樣不行，決定找個老師處理，朋友的朋友輾轉推薦，找到奇門遁甲師黃濤。

第一時間總公司不願意，在我周旋之下才點頭，但再三強調要「低調處理」，只能跟老師說：「想提高業績看風水，不能提鬧鬼跟之前死人。」

黃濤比我想得年輕，一頭一臉油亮亮，不知道為什麼一直在笑，我們約了一個假日的下午，坐了電梯進到辦公室，他剛剛有先在一樓大門捧著羅盤量一下，把一些看不懂的生門、死門、景修生用一個APP記下來，到了辦公室大門他又再量了一次。

他皺眉說，我組上座位風水沒有壞到業績會差，算是坐落在不錯的「景門」跟「驚門」，算是第四、第五好，隨後黃濤在我辦公室走來走去，靠在窗上往下看了一下，轉身問我：**「你是不是有什麼沒跟我說啊？我感覺到有不乾淨的東西欸！」**這一問，我什麼都說了。

黃濤聽了完整版，要求我馬上換位置，放眼望去兩百多坪的空間，大有避開的地方可以坐，但我說公司規定，每個位階能使用的百葉窗、百頁板、隔板都是固定的，位置更是不能隨便更換。

黃濤想了一下，說只能用法術跟符咒來處理，他選一個對的時辰和適合我的方位，在這時間去燒符。

一張燒在大門，另一張燒在我座位下。

黃濤還說，以後進出大樓盡量走左邊大門，對我來說可以納好運；辦公室其中一扇窗用布簾遮住，這扇窗進來的氣對我不好，但如果有客戶來，光線不足再打開也可以。

黃濤再來我的家裡，幫我淨宅貼符，撒了一堆鹽米茶葉做了法，他說其實應該也要到四樓處理，不過那牽扯別家公司也就算了。

法術結束後，男鬼就搬離我家了，隨身戴著黃濤給我的護身符，即便公司還是有人說

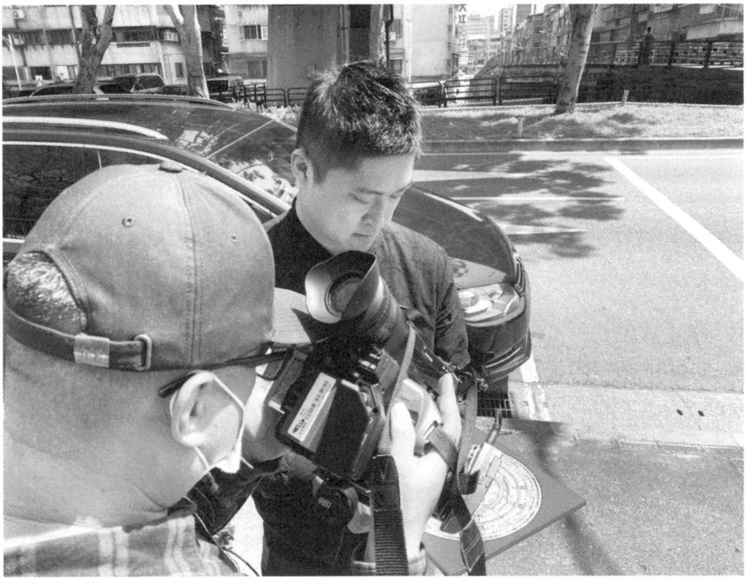

奇門遁甲——黃濤老師。

這不是故事的現場，是我公司中天新聞。

遇到電梯男鬼，但至少我都沒遇到，至於組上業績是沒有爆發提升，但也從原本泥沼困境慢慢往目標靠近，一切都有好轉。

「我叫小胖，這是發生在我們辦公室裡的故事。」

▼後記：

黃濤說這案例，其實只能預防無法根治，因為鬼沒送走一直都在，哪天小胖太累，抵抗力（元神）變差，還是會復發，不過寫這本書時我問了一下，小胖後來被挖到別間公司當主管，這故事也就告一段落了。

在故事裡，奇門遁甲可以用羅盤算出對的時間、對的方位，去納福氣、財氣、貴氣。

打個比方，算出國曆七月十四號，下午三點到四點之間，朝西北方走，找到一個地方待一小時，好比咖啡廳，就在那邊打電腦、滑手機或跟朋友聊天。

就是人要在那邊累積福氣、財氣、貴氣。

當然不可能累積到一半，店員馬上端一杯咖啡說請你，去廁所再撿到一千塊這麼立刻，但對往後來說會慢慢發酵。

所以聰明的你是不是想到，很多政治人物出門拜票就會用奇門遁甲，算出一個日期、一條路線、每個點停留的時間，至於誰找過黃濤或是黃濤他爸郭定陸老師，這我不能說，但我知道這些人之後都有選上。

所以很多時候老婆問我，為什麼半夜十二點跑去林森北、萬華那邊，一待就是一小時？我都說：「你不懂，這是黃濤算給我去納福氣的奇門遁甲盤。」

我老婆真的不懂，所以每次回家門都是上鎖的。

故事收錄在《靈異錯別字14》。

05

西藏法器「嘎巴拉」，屍料貨源竟是「這」

人骨法器你聽過嗎？以人的骨頭當作材料，經過開光、念咒、加持後轉成宗教儀式用的聖物，這些聖物多半能帶來好運、化掉災害，但有些卻是相反。

接下來我會以第一人稱的方式，改編真實故事說給你聽。

「我是大偉哥，這是十幾年前發生的事情。」

我做二手車買賣，除了愛車也愛宗教文物，車子收藏的不多，畢竟沒這麼多空間停，但宗教文物我可收藏不少，甚至買了一間房，專門放這些寶貝。

有次經朋友的朋友介紹，認識了盧先生。

盧先生說有個頭蓋骨的法器「嘎巴拉」，源自西藏一位九十多歲的喇嘛，過世後取下製成，他收藏很久現在要割愛，想找我談談。

說到嘎巴拉我簡單介紹一下，喇嘛願意把自己的身軀

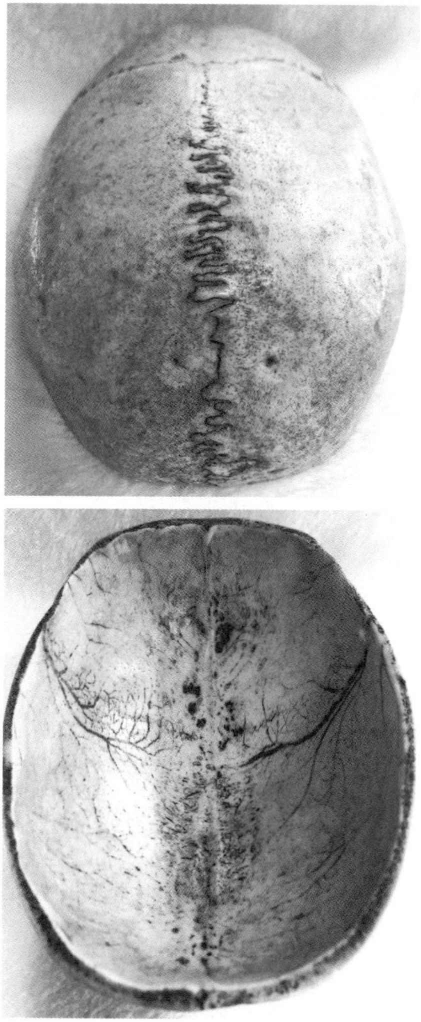

西藏法器「嘎巴拉」。

貢獻出來，給後人作為修行的法器，是慈悲的象徵，又因為頭蓋骨像個碗，所以又稱「嘎巴拉碗」，主要是盛裝佛教七寶，也有驅邪避凶的用途。

沒錯，就是把人死後的頭蓋骨取下來製作而成。

盧先生積極約我見面，見了面馬上開價二十萬，這價格低於行情價太多，很明顯他急需用錢，既然如此，我硬是砍到十五萬才成交。

回到家裡，我雙手捧著放在眼前仔細欣賞，這「嘎巴拉碗」沒有任何銀飾雕琢，純粹一片人頭骨，放在紫紅色的絨布盤更顯尊貴，連拍幾十張照才慢慢請上神桌，最後我還拜了一下才離開。

之後的車單也變多，感覺就是嘎巴拉帶來好運，但也因為太累抵抗力變弱，我的大腿跟手臂內側長了很多癬，又癢又痛，醫生普遍都說黴菌感染，甚至還有醫生說像染上屍毒，總之吃藥擦藥不見好轉。

雖說每位醫生觀點不同，但都有提到「太潮濕」、「黴菌感染」的關係，我想恐怕是放收藏品的那間房子，位在山區，一早起來桌椅上都會有層薄薄水氣，於是買了兩台十六公升除濕機二十四小時運轉，但即便這樣，很多收藏的木製神像跟法器，還是陸續發黑發霉，心痛，那都是錢啊！

直到有天晚上，我翻來翻去無法入睡，乾脆起床處理一下訂單，結果一腳踩在一攤冷水，整個人冷醒，我開了燈，想說哪來的水？順著水痕一路走到神壇房，門輕輕推開，發現除濕機在漏水，趕緊拔了插頭，但不對啊，漏水要也是一攤，怎麼會拉出一條水痕，像渠道流到自己床邊呢？

說到這，你們應該猜到跟嘎巴拉有關，但那段期間我買的收藏品不只這件，加上工作很忙、事情很多，雖說偶有一些怪事，但真要解釋，我聽錯了、我喝醉了也不奇怪，只不過那陣子除了工作，其它通通都不好。

有一晚，朋友約我到台北一間雪茄店聚聚，認識一些潛在客戶，也認識了徐小傑。

小傑是宗教文物收藏家，開了一間泰國「佛牌殿」，在業界小有名氣，一坐下來我們自然很多話聊，我秀手機裡的收藏品，他看了照片都能說出一、兩段典故，唯獨滑到嘎巴拉的照片，他盯了許久都沒說話。

最後他吐了一句：「董事長（他習慣這樣稱呼人），這個嘎巴拉似乎不是真的喔！你不要生氣，我只是這樣覺得。」我有點嚇到，但也好奇。

他把照片放大再放大，看了看又說：「是一種感覺，畢竟真假（文物）看了幾十年，自然會有這種（直覺），但看的是照片也說不準，有機會看到實體比較準。」

小傑繼續展現專業的說：「人的頭蓋骨，跟豬的、猴子的絕對有辦法分辨，但你說有沒有辦法分辨是不是喇嘛的頭蓋骨？還是路人甲的？這絕對無法分辨！一切都是你對賣家信不信任？」我回想，我對盧先生並不了解。

隨後他一針見血扎了一句：「如果真的是九十多歲喇嘛的天靈蓋，董事長，從年份跟稀有度來看，二十萬買喇嘛指甲片差不多。」

隨後他又暗示，因為有市場需求量大，但高深的喇嘛頭蓋骨不多，沒有工廠量產殺喇嘛取頭蓋骨啊，所以很多都是盜墓做成的（嘎巴拉），買到假貨沒差，塑膠一片或動物的骨頭而已。

「但如果買到半真不假，用真的人骨但不是喇嘛的，又沒有加持處理過，那問題就很大。」

我這下才完全想到，我就是跟盧先生買了嘎巴拉之後，才生怪病又遇到一堆怪事，我請小傑趕快幫我處理，他說他是商人跟收藏家，不是法師跟老師。說完，主辦人拿了雪茄過來請我們嚐嚐，但怎麼抽都沒味道了。

不過小傑還是幫我找了個大師來處理，大師進到我的那間收藏房，看了看左右兩邊櫃子、神桌上的收藏品，劈頭就問：「這哪來的？」說的正是嘎巴拉碗。

我交代完後，大師要我跟盧先生聯絡，確定物品真正來源，結果電話不接，傳LINE不讀不回。

我又找了當初介紹盧先生給我認識的朋友，他也說盧先生消失一陣子了。我掛了電話，大師大概也知道了，他要我過來看，「你很多神像跟木製品都發黑了，那不是發霉而是穢氣，你仔細看，只要放在這頭蓋骨附近的都會發黑，有些磁場比較強的神像、聖物就比較沒事。」

沒想到買了一個詛咒頭蓋骨，意外篩選出哪些是假貨？哪些是真貨？

我問大師，既然這有問題要怎麼處理，大師二話不說建議「燒掉」，我驚呼十五萬你說燒掉！大師說不捨得燒掉，那就轉賣給下個倒楣鬼，當初的盧先生就是這樣賣給你的。

當下我就決定，處理完嘎巴拉，就找兄弟處理盧先生。

後來大師把嘎巴拉帶回去，先把它放在宮壇神像旁淨化，其實就是請神明跟嘎巴拉本身的死者溝通超度，而非一開始硬把鬼丟進火裡烤，花了一陣子送走之後再燒成骨灰。

我問大師，纏在我身上的鬼是頭蓋骨的主人嗎？大師點點頭，並說不是什麼九十歲的喇嘛，是一個皮膚黝黑的中年男子，渾身溼答答，生前應該是溺死，流水屍被撿去做成的，我繼續追問，大師說自己也不知道。

「那鬼說的不是中文，我聽不懂。」這也是為什麼花了很長時間才送走。

處理的過程我又貼了快十萬，也就是說買了一個死人骨頭到處理這死人骨頭，花了二十五萬，就在處理完之後，家裡沒那麼潮濕之外，身上的癬只剩一點點。

對了，後來兄弟找到盧先生也請他出來吃飯，他答應會慢慢還錢，也說當初花五十萬買了嘎巴拉，沒多久就出了一場車禍差點死掉，開的三家手機店倒兩家，才急著想要脫手。

後來盧先生錢還到一半又跑了，不過我看他過得比我更慘，也就算了。

「我是大偉哥，這是十幾年前發生的事情。」

▼後記：

這故事就是徐小傑跟我說的，我從當《神秘52區》的記者就認識他，只要我做泰國宗教、佛牌、降頭術等等議題，他的電話就會響，打給他的人就是我。

而他也說到，不只有嘎巴拉會有這樣無良的狀況，只要是用到「屍料」的佛牌、法器、儀式都會有類似盜取屍骸的現象。

說完，他從櫃檯底下拿了一箱紙箱上來，裡面裝滿「桃花屍油罐」、「古曼童娃娃」、「人骨佛牌」等雜亂的塞在一起，一開始看有點害怕，但仔細看又顯得粗糙。

這時小傑說：「董事長（他連我也叫董事長），這些通通都是假的不用怕。」

我這才拿起一個問：「那你收集這些假的幹嘛？」

小傑嘆一口氣：「我是在做善事啊，這些都是一些民眾在網路上亂買，買了又沒效果，所以拿來請我鑑定真假。」

我拿起一個塑膠罐：「那這個桃花屍油罐是啥？」

小傑說：「那是蠟燭油，那個說是死者毛髮的是獅子娃娃的毛。」

我繼續問：「當初那傻子買多少？」

小傑想了一下：「三千元還是六千元忘了，但這成本加一加不到一百塊。」

隨後小傑拿了一個塑膠娃娃，說這是假的古曼童，裡面有個小玻璃罐說是裝骨灰，但這粉太細太綿，應該是太白粉，然後人骨佛牌，用的是塑膠原子筆的殼，打碎磨一磨泡在沙拉油裡，就是「屍油＋屍骨佛牌」，那個人花了一萬多塊買這塊牌子。

類似的假貨太多，留下這箱垃圾是用來教育接下來的買家。

徐小傑最後說了一段話：「你在網路上買吹風機，用起來怪怪，你會不會拆開看看，會，你可能會；但如果你買的是屍油、屍骨的陰牌，戴起來明明沒效果，你敢不敢拆開，不敢，你不敢，加上真正的屍料聖物，材料稀有處理繁瑣，價格肯定不便宜，不要想買又不肯花錢，就去網路上買來路不明的，也不是說一定要跟我買，但我建議去有實體店面的買，至少買到假的，你有個店家可以丟雞蛋對吧！」

故事收錄在《靈異錯別字28》。

PART 2

周遭朋友的鬼故事

CHASING

INVESTIGATION

THETRUTH

06

蹭辣妹看正妹，都是「老Z主意」

二〇二一年四月，疫情升溫，那陣子我跟人打招呼的口頭禪只有兩句。

「你打疫苗了嗎？」第二句「你有見過鬼嗎？」

是的，我把做節目的魔爪開始伸向我朋友同事，就算沒有見過鬼的，我也會說：「沒關係……有空去鬼屋廢墟走走，或是我給你幾間飯店的房號，你去那邊過夜，遇到要跟我說喔！」

不知道為什麼，大家在公司看到我，都會繞道要不低頭快走，我想是保持防疫距離吧！後來因為分流上班，我跟老Z還有幾個同事，被集中到五樓的小辦公室，也因為這樣，我多了很多時間可以跟老Z討論《靈異錯別字》節目的規劃。

有一次稿子打累，我癱在椅子上跟老Z聊聊最近的想法，我說不想一直消化過去《神秘52區》的專題新聞，感覺有點無聊，同時我也分享做鬼故事ＹＴ節目，點擊率都不錯的心得。

◎**第一個是炒冷飯**

就拿《靈異錯別字》第60集的「紅衣小女孩」來說，這種國小紅到我女兒都三歲了，紅衣小女孩都變成紅衣媽媽了，但只要一聊起還是有一定的流量，可是我不喜歡，畢竟我是個喜新厭舊又熱愛換招式的男人，所以除了卡到時事，或有人遇到，不然不會特別挖冰箱底層的飯來炒。

◎**第二個是拼盤**

《靈異錯別字》第67集，全台三大鬧鬼飯店，這種同屬性的排名戰很容易引起討論，而且短篇快節奏，也是現代人看速食片的口味，另外「標出地點」也容易激起當地人的情緒，例如《靈異錯別字》第38集「彰化送肉粽」。

◎第三個是正妹

這不用解釋，觀眾愛，我也愛。針對這一點我還特地引用一九九一年，鬼故事的電視節目《鬼話連篇》。

當時節目就已經找正妹女來賓說鬼故事，熱褲比基尼辣妹遊鬼屋，像我這樣念舊又有致敬的精神，多希望找正妹、辣妹一起來拍，我的夥伴意欽哥也說，站在畫面的專業角度來看，認為這樣的構圖是很好的。

但沒經費，沒辦法請正妹啦！所以正妹牌我還在想該怎麼辦？

這時老Z提出一個想法：「公司這麼多正妹主播、正妹記者，何不找她們來拍一拍？」

我頓時像被巴了一記後腦杓：「對！我怎麼沒想到！」

老Z鼻子翹高繼續說：「對啊！feat. 她們，說不定還可一蹭她們的粉絲。」

我翹高的不是鼻子也說：「所以我可以要求管瑄穿比基尼囉！」

管瑄是專案記者，因為分流上班她現在坐在我旁邊，個頭不高，可愛公仔型。

老Z對我的提議巧妙迴避不答，管瑄剛好不在辦公室（好像去採訪），一直到中午遇到她時我馬上問。

我說：「管琯，妳有見過鬼嗎？」

她抓著水瓶狂點頭：「有有有，我大學念文化的。」那一定有了。

我繼續說：「那太好了，我可以邀妳上我的節目聊聊嗎？然後我希望妳穿比基尼跟熱褲。」

管琯面有難色：「好變態喔！為什麼要這樣啊。」

我直接不迴避的回答：「這是老Z的想法。」後來管琯不願意。

那麼目前為止，沒有一位女主播、女記者願意穿比基尼，意欽哥因此意志消沉一陣子，畢竟他是一位對畫面很要求的攝影，當然只要有女來賓納悶的問，為何要穿比基尼這麼裸露時，我都說：「我也不懂，這是老Z的想法。」

07

基隆「猛鬼社區」，一層燒炭一層墜樓

二〇二一年五月，全台疫情爆發了，很慶幸，我去採訪的地方不是墓園鬼屋，就是廢墟凶宅，通通都是鬼比人多的地方。

以前大家都說我採訪地點很危險，現在反而最安全。不過因為疫情也很少出門了，所以歪腦筋歪到隔壁的同事管琯身上，她說大學撞過鬼，但這類題材有點太多，我問問她有沒有撞過別隻鬼。

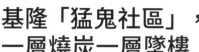

管琯回我：「有喔！我小學也撞過鬼，之前住基隆的一個社區，樓下都是凶宅，我可以分享，但先說，不穿比基尼喔！」

接下來我會以第一人稱的方式，改編真實故事說給你聽。

「我是管琯，這是我小學遇到的鬼故事。」

我之前住在十八樓，聽爸爸媽媽說十七樓跟十六樓陸續發生過瓦斯中毒、墜樓、上吊輕生等命案，也不知道是不是社區風水不好，我們這棟特別密集。在我有印象開始，我就很常睡覺做惡夢，惡夢的種類很多，但有兩個是最常夢見的。

◎第一個是坐電梯

夢境開頭，是媽媽要我去一樓拿東西，我就從十八樓搭電梯下去，但每到一層樓，電梯門就會打開，打開之後——

有時外面是正常的樓層卻沒有半個人；

有時外面的燈光昏暗且壁癌蔓延整個走廊；

有時外面黑到像是一整個黑洞。

電梯就帶著我一層一層參觀不同樓層，每次開門對我來說都很新鮮，**唯獨我很怕，打開是外面站了一個人的樓層**。

每一次，那個人都會遞給我一張紙條，我試著想看清楚他是誰，永遠只看到一隻灰白拿著紙條的手，其餘部分通通籠罩在黑煙之後，五官、穿著、性別、年紀，通通沒辦法推估。

我接過紙條，電梯門就緩緩關上，紙條寫的內容每次都不同，有時要我去五樓拿一袋水果、有時要我去十六樓見兩個人……很像是遊戲解任務，總之我就一直上上下下，到醒來都坐不到一樓。

也因為這個惡夢，我從小就很怕一個人搭電梯。

◎第二個惡夢是發生在我爸媽房間

有一天下午，我一個人在客廳看電視，那時快接近黃昏，窗簾被夕陽染成橙橘色，所有房間的房門都關起來，只有我爸媽的房間門是打開，從客廳就可以看到房間裡的雙人床，不知道什麼時候，一位穿著白色洋裝的女人，用貴妃躺的姿勢躺在床上看著我笑。

那個女人約莫六十多歲，除了白洋裝之外它的皮膚也很白，頭髮也是雪白的，雖然聽起來很可怕，一個莫名慘白的女子出現在我家對著我笑，但怪的是當下我一點都不害怕。

我有跟我媽媽說過這件事，她每次都回：「小孩不要亂講話！」

直到又有一天下午（慘白女子都是黃昏出現），我在看電視時它又出現了，這次它伸起手來要我過去，我竟然也就傻傻的走進房間站在它的面前，它看著我，我看著它，彼此不說話。

其實現在想想，我不確定我在作夢？還是真實發生？或是兩個都有。後來爸媽買了新房子我們也就搬走了，到了新家就再也沒夢過「坐電梯」跟「白洋裝女人」的夢。

「我是管琯，這是我小學遇到的鬼故事。」

▼後記：

第二個「白洋裝女人」的夢，我跟意欽哥覺得就是「地基主」，感覺沒有惡意，就是長輩喜歡小孩的那種慈祥，雖然腦海的畫面是有點恐怖。

不過坐電梯到不同樓層的夢境，這我就覺得像是穿梭不同凶宅，至於神祕人遞紙條給管琯，這很難解釋有什麼意涵，我問過一些老師和法師，每個人對這夢都說資訊太少，很難斷定。

至於大樓發生很多命案，我個人覺得不用太害怕，畢竟一個大社區動輒幾百戶人，每一戶都濃縮了人生的悲歡離合、生老病死，來來去去偶爾發生憾事，也不奇怪。

其實很多時候，你的左鄰右舍發生什麼事情，我們都很少知道……

故事收錄在《靈異錯別字74》。

08

赤腳「五人行」，深夜梯間「濕髮女」等你

我們《忤惡小組》成員有四個，老Z、辣妻、冰紅、錯別字，給你五秒猜猜誰是裡面點擊率最差的？

幹！一秒就猜到是我，你有沒有禮貌。

是啊，我平均一則才八萬多，但是他們三人隨便都幾十萬，更別說老Z，想到就來個破百萬上發燒榜，雖然宗旨是蹭正妹，但高流量的老Z不蹭一下說不過去，雖然他一直暗示我他可以穿比基尼。

所以有一天他去上廁所，我尾隨進去站在他旁邊，當他掏出鱸鰻，我也掏出森蚺。

我問他：「見過嗎？」

老Z伸長脖子看著說：「沒見過這麼大的。」

我說：「嘖！我不是說我的森蚺，我說你見過鬼嗎？」

老Z想了想，在大學跟高中遇過兩次，不過跟管瑄一

樣，不能確定親眼所見是人還是鬼？但兩次的過程都很恐怖。

聽到這，我沒洗手拍了他的肩膀：「別糾結了，那就是鬼了！」

接下來我會以第一人稱的方式，改編真實故事說給你聽。

「我是老Z，這是在我大二還是大三發生的事情。」

那時我在台北市木柵的政治大學念書，晚上都是騎車回家，你也知道，年輕人嘛，騎車都比較快，而且那個年代也沒什麼測速照相。

所以我從不浪費石碇到木柵的那一段寬敞馬路，幾乎都是八十以上（錯誤示範請勿模仿），有一天放學，我一路飆到過萬芳路有個左弧形的彎道，左邊是一道很高的堤防，就在那個堤防下——**我看到一排人在走路**。

半夜十一點多，整條路上沒車、沒燈、沒狗，就這五人直列走在路上，讓人納悶的是，這五人清一色穿著類似修道院的白色長袍，有男有女穿插隊伍之中，而且通通都沒穿鞋子。

即便我那時騎得非常快，僅僅零點幾秒，但這畫面也馬上內射到我腦袋，甚至在路過時我覺得整個畫面像是慢動作播放，我減速回頭，已經看不到那個五人隊伍，繼續騎到橋的邊邊，有輛警車停在那，我很猶豫要不要跟警察說剛剛所見，但想想還是算了。

如果警察跟著我回去，發現根本沒有這五人，難保不會把我抓去驗尿說我拉K。

至今回想，那五人既不是拍戲（拍戲旁邊應該會有劇組人員），也不像出來買消夜（怎麼可能不穿鞋），說是精神病院跑出來的還比較可能。

我的第二個故事也一樣，不能確定是人是鬼，發生在我高中的時候。

有一天，我約了高中朋友來我家玩，我們先搭公車，到站後要走個十分鐘左右才會到我家。高中都是男生，就喜歡玩一些幼稚的賭注來抓GG，所以我就跟朋友說：「來比賽跑，誰先跑到我家誰就贏了，輸的抓GG。」朋友也說沒問題，看等一下怎麼抓爆我。

但他忘了，我可是田徑校隊。

一下公車我拔腿就跑，一個轉角就海放我朋友，我到了一樓大門拿了鑰匙，準備衝上三樓的樓梯窗戶嘲笑他跑得慢，要給我抓GG，但就在我剛走上二樓時，有個女人緩緩走下來，我先看到她的腳踝，再發現她沒穿鞋（又沒穿鞋），赤腳一步一步往下踏，隨後看到她穿著藍底白圈的長裙套裝，短髮是位孕婦。

因為她臉很小，所以鼓起的小腹應該不是胖，但始終低著頭，即便走得很慢也看不清她的臉，我側身讓她走過去，隱約還聽得見腳底踩踏水泥階梯的聲音，我在想，我們鄰居有這麼一位孕婦嗎？怎麼不穿鞋呢？

隨後跨個兩步就到三樓的窗戶口，我把頭伸出去盯著一樓，等著等著，我朋友喘著大氣出現在街角，我馬上從三樓狙殺他瘋狂開炮，一路嗆到他爬上三樓我才想到一件事——

剛剛那位赤腳孕婦呢？

這邊我整理一下位置圖——

在二樓，我遇到那位赤腳孕婦往下走；

在三樓，我站樓梯的窗戶邊低頭看向一樓大門。

如果，赤腳孕婦走上來，我一定會看見她；

如果，赤腳孕婦走出大門，要打開鐵門的聲音很大，而且我一樣會看見她。

但整個過程，我完全沒看到那位「赤腳孕婦」。

我問了朋友，有在樓梯間看到一位赤腳孕婦嗎？他喘著大氣無法說話，只能搖搖頭，

如果，你說赤腳孕婦躲在樓梯間也不可能，除非她沿著牆壁攀在屋頂，那就又是另一個

故事。

當晚我問了爸媽，大樓有沒有住著一位孕婦，爸媽也搖搖頭，所以一整個晚上，我朋友都睡死了，只有我毛到不敢睡覺，因為我深信我見鬼了。

▼後記：

老Z在木柵看到的五人行，我馬上想到日本的都市傳說，那是在《靈異教師神眉》的漫畫裡看到的（知道這部漫畫的人，只能說你也老了）。

日本都市傳說「七人御先」敘說七位僧人，穿的一樣、間距一樣、步伐一樣，在深夜之中出現在深山之中或是河邊或是海邊，看來是愛好大自然的一群，當你看到它們，沒多久就會生重病掛掉，這樣第一位僧人就可以投胎，而你就排到第七位，彈匣式推進的抓交替。

我上網查到一些資訊（畢竟我沒認識日本法師），傳聞這七位僧人一開始要坐船到「八丈島」結果遇難了，好不容易飄到島上，但島上的人也過得要死不活，沒有多餘的糧食物資救他們，還把這七人趕到山裡去，活活餓死的七人產生怨念，變成「七人御先」。

網路版本很多，也有人說就是單純溺死的亡靈組隊抓交替，有興趣的朋友可以去找找。

所以老Z遇到的那五位，我在猜會不會是缺了兩位跑來台灣找隊友？況且遇到的時間又在晚間十一點，極陰子時，除了是鬼不然還會是誰？

至於第二個故事「赤腳孕婦」，我想到大學一位學長黃昊昀。

昊昀學長在台北體院念書時，在天母一棟老舊公寓租房子，有天不知道去哪裡鬼混到半夜，回家走上三樓，此時樓梯間出現一個女人。

「她穿全紅的洋裝。」

「整片頭髮如浴簾垂下並溼答答的滴著水。」

「然後也是沒穿鞋子。」

「一動也不動站在二樓右邊屋子的門口。」

你敢路過嗎？

你敢不敢我不知道，這邊先介紹一下我這位學長，人家是在二〇〇九年高雄世運會，拿下空手道八十公斤量級的世界冠軍，沒辦法一拳打破水泥牆，但絕對有辦法打斷你一根鼻樑。

然後昊昀學長就慢慢後退下樓，再火速逃出公寓。

第二天空手道練習時，他說根本不能確定那是人還是鬼，但過一陣子，昊昀學長又遇到她了。

那次是某天早上，「濕髮女子」穿著一整身的套裝，貌似銀行ＯＬ，蹲在地上撿撒滿地的文件，看到學長頻頻點頭說抱歉，並挪出一個空間讓學長上樓，行為舉止跟一般人沒什麼兩樣。

但過了一陣子，又看到她穿全紅的洋裝，整片頭髮如浴簾垂下並溼答答的滴著水，然後也是沒穿鞋，一動也不動站在二樓右邊屋子的門口。

事隔多年的現在，我自己認為有幾種可能——

最有可能的是「濕髮女子」精神狀況有問題。
也可能是她被卡到，晚上睡著出現這些狀況。
但也不排除她家的吹風機壞了，洗完澡只能這樣晾乾。
故事收錄在《靈異錯別字49》。

09

化妝桌下「藏女鬼」，辦公桌下「藏祕書」？

某日下午，我仰天拉直脖子，最後一滴咖啡流到喉底，嚥下後長嘆一口無奈。

原本約好的受訪者，臨時放鳥，雖說這是記者常態，但很難習慣。所以看似喝咖啡的動作，其實是不想眼淚流下來。

但老Z看見了……

他跟我說：「你知道攝影中心的金姐嗎？」

我趕快擦掉眼淚：「是打呵欠流眼淚啦！哈哈哈，你說金姐！我知道啊！」

老Z遞給我衛生紙：「你要不要找她一起說鬼故事？」

我把衛生紙拿過來擦了擦眼淚：「金姐常撞鬼嗎？」

老Z說：「不！金姐很北爛，跟你很搭。還有這衛生紙是我擤完鼻涕，要請你幫我丟垃圾桶的。」

經由老Z的推薦，我找到金姐，她說有那麼一次「差點被抓交替」，還好……沒抓成功，才能活著跟我錄這一集。

接下來我會以第一人稱的方式，改編真實故事說給你聽。

「我是金姐，這是我在之前公司參加研討會撞鬼的故事。」

其實在被抓交替之前，我是不信鬼神的，也可能我八字重（超過五）不容易碰到，所以從小到大同學說哪間廁所有鬼、爸媽說哪間屋子死人不要在騎樓玩，我都不當一回事。

但沒想到第一次遇到，差點要我的命。

約莫十年前，我在一間行銷公司上班，公司都會固定舉辦兩天一夜的研討會，這一次訂在中部一處山區的渡假村。

出發的第一天，整車的人像回到國小參加戶外教學，只有我像守靈一樣情緒低迷，說不上來就渾身不舒服，但前一天明明還好好的，下了車走到過夜的小木屋，男生睡一間女生睡一間，推開門是一整排的通鋪。

當我一進去放好行李，不知道是感冒還是暈車，頭整個很暈而且渾身無力，很想就躺下來就睡，但我還是硬撐走到大會議室一起看PPT，課程說到一半，我已經睡著三次，而且頭暈變重沒有變輕，幾個好姊妹摸了摸我的頭跟脖子，也沒發燒，但要死不活的狀況還是獲得長官讓我先回房休息。

女生的小木屋在二樓還是三樓有點忘了，只記得光爬這幾階樓梯，我就分兩次才爬完，好不容易推開木門，長長的走道右邊是睡覺的通鋪，左邊是衣櫃、化妝台、小桌子，我睡在最裡面的角落，理當來說我一碰到床應該會「啪！」撲街睡死，但我卻吃力的把身子靠在九十度牆壁轉角那，坐在床角發呆。

當我看著空蕩蕩的房間時，斜對面的化妝台下，那個ㄇ字型的空間我看到了——

「一個穿白色衣服長頭髮。」

「只有上半身的女子，窩在那盯著我。」

如果今天同住的姊妹們看到，一定全部都在尖叫，更別提現在只有我跟它獨處且眼神交會，但怪的是當下我一點都沒害怕，正確來說是沒有感覺，就這樣與它互看許久，等我有意識時，我人已經半個身子跨在窗外。

就在這一瞬間，幾位好姊妹剛好回來看看我，一開門看到我坐在窗邊，半隻腳在窗外，邊叫邊衝過來把我往後拉，我整個人摔在地板上，這一震意識更為清楚了，但是當我爬起來時，眼前每一位男男女女我通通叫得出名字，但我一句話都開不了口；大腦知道不可以往窗外跳，但身體無法控制。

我起身繼續往前，身高不到一百六十，體重也才四十三的我，六個男人衝過來抓住我，甚至把我「地咚」在地板上，活了二十幾年，第一次被六個男人拉著要我不要走，但卻沒有一個男人能夠真正阻止我的離去。

終於，一位年長的阿姐把她戴的觀世音菩薩護佛牌，從脖子拿下來放在我眼前，然後開始對我念咒。

她一直念、一直念、一直念，我忽然倒地，一直掙扎、一直掙扎、一直掙扎。真的跟電影演的一樣，但我的感覺是身體從很緊繃到慢慢放鬆，並沒有出現什麼身體要裂開，有東西要跑出來像生小孩這樣，最終就是癱軟在地上睡著了。

等我睡醒，全公司都知道我剛剛卡到陰，而那位觀世音菩薩阿姐就跟我講：「明天離開，我介紹一位老師給妳，妳去給他處理一下。」

當晚我也沒睡好，因為大家都跑來問我整個過程，然後各自分享他們之前看到、遇到、知道類似卡到的經驗，公司辦的行銷研討會，被我一搞成了鬼故事分享會，至於化妝台下ㄇ字型的半身女鬼，我沒說出來，免得他們尖叫一整晚也不好睡。

下了山，我去拜見那位老師，他在新北市泰山某處民宅的一樓，有個小小的宮壇，老師出來跟阿姐打聲招呼，再坐下來跟我聊聊。

隨後他說：「它還在喔！」老師小小聲，似乎怕被它聽到。

我也小小聲的問：「在哪？」

老師說：「門外，長頭髮，白衣，沒有下半身。」

這些特徵我完全沒跟老師說，在山上的研討會我也沒跟誰講。

後來老師用鹽跟符咒幫我處理，我拖了很久整個人才康復恢復精神。

「我是金姐，這是我在之前公司參加研討會撞鬼的故事。」

▼後記：

其實故事不只有這一篇，後來金姐離開行銷公司，開了火鍋店也做過攝影師，現在來到中天新聞當攝影記者，有一次她去韓國出差採訪，竟然在飯店的天花板看到女鬼！

想聽的去找《靈異錯別字》44集，親眼看看這集，你就會知道金姐她難得可貴的幽默（北爛）之處。

至於金姐在化妝台底下，遇到的女鬼是誰？老師沒給答覆。很多時候老師處理完，是不會像警方一樣，請對方坐下來做個筆錄再走，不過老師有跟金姐說，當時你氣運低（可能生病、可能大姨媽），所以哪裡有鬼就哪裡被跟（或被卡）。

等到鬼上身了，你的意念就很容易被影響，不管你八字五兩還是五十兩，要拖你跳樓就是拖得動。

其實桌下出現半身女的事件，我以前就有聽過這類都市傳說。

據傳辦公室裡，位高權重的男長官桌下，有時會出現一些女祕書窩在那，而往往被卡到的男長官，會出現翻白眼跟抽搐的現象，不過沒有一位男長官事後會找法師處理，往往都是被老婆發現找律師處理的比較多。

故事收錄在《靈異錯別字44》。

10

綠光陰影籠罩「十九年」，見肉球就閃尿

意欽哥，一位我進到中天新聞台，就跟我搭檔至今都甩不掉的夥伴，我是指他想把我甩掉，但我死巴著不走。因為他不喜歡找鬼，他比較喜歡找神，對廟宇神明民俗很有興趣。

不過跟我一起找鬼五年，加上他之前跑新聞十四多年，加一加快二十年的資歷，竟然一次的撞鬼經驗都沒有。但意欽哥說：「我採訪過一起讓我至今看到鼓鼓的、圓形的物體，都會不自覺發抖……」

接下來我會以第一人稱的方式，改編真實故事說給你聽。

「我是林意欽，買茶葉找我買的林意欽。」

我跟意欽哥搭檔兩周年

廣告打完，來說說我在二〇〇三年剛當記者的那一年。

我在桃園地方台的新手村磨練，每天都是一人「單機作業」，從找新聞、開車出門、拍攝採訪、回公司寫稿、過音剪帶……全部自己來，就因為什麼都自己來，卻要包下整個桃園大小線路新聞是不可能的，因此真的很吃同業跟前輩的幫忙。

那一年的七月，某個上班日，一進公司才知道今天只有我一人（記者）上班，當菜G自己上班，那是會焦躁到脫糞的。

早上跑完一個記者會，下午開始找新聞，卻沒有一個可以發新聞的事件，對當時的我來說，寧可天下大亂也不要風平浪靜，長官不停的催，問有沒有新聞要發？我卻始終找不到東西餵長官，我翻開電話簿，能打的電話全打一輪，警察局、消防局、衛生局……什麼局的我都打了，沒有就是沒有。

加上我那個年代，沒智慧手機也沒 LINE，訊息不可能按一按就知道，最後我放棄了，假借出去找其實先去吃午餐，當老闆娘把排骨飯送上桌時，我的紅色 Ericsson 小孔雀響了，我翻開手機蓋一聽，打來的是老三台的老大哥，我都叫他強哥。

強哥說：「欸，欸啊，我這邊有條社會新聞，你們要去嗎？」

我一聽到：「要要要！我馬上到。」

排骨飯大口塞大口吞，衛生紙抽一抽就開車出發。

上了路我才問清楚事發地點，位在桃園蘆竹濱海公路旁的一排空屋，開車過去五分鐘左右，那排空屋已經廢棄很久了，是個蓋到一半的老建案，不曉得大家記不記得，台灣有陣子對「海砂屋」很重視，因此很多建案蓋到一半被發現就被強制停工，建商破產建案就空在那。

這一排就是十幾間獨棟的海砂屋。

我把車隨便插路邊，扛著攝影機下來找強哥，只聽到有新聞就好，連是什麼命案？死了幾個人通通都不知道，走到一半強哥叫了我一聲，循聲找到他站在一個平臺。

強哥移開他的腳架，讓我站他的位子補拍畫面，隨後跟我說：「第三間房子的窗戶，調進去就拍到了。」

我把機器一轉，鏡頭筆直延伸進窗，結果我看到這輩子永遠忘不了的畫面——

「我看見一個癱軟的男子。」

「脖子掛在繩子上。」

「頭上還包著當年7—11綠色塑膠袋。」

我真的腿軟到差一點跪下來，這是我第一次看到真實的屍體。

雖說透過鏡頭又離這麼遠，但你知道屍體就掛在你的面前，而且我要把整個屍體與環境都拍下來（那時候的新聞可以拍得比較細），不舒服的噁心感加倍一直疊加到我胃裡，剛剛吃的排骨飯好幾次要反芻。

回公司寫稿才發現，這死者死法很怪。

死者是現年三十七歲，台北縣失蹤人口，被一位散步的當地婦人撇頭發現，死法是雙手被反綁在身體後面，頭套塑膠袋，掛上屋梁輕生，這些動作怎麼可能獨自完成，所以警方也懷疑是他殺。

晚上六點新聞送出去，但那顆綠色塑膠袋套頭的畫面，一直留在我腦中，即便我看不到五官，但從塑膠袋上的皺褶起伏，也可以勾勒出死前掙扎大口吸氣的表情。

下班後我走到地下室牽車，以前不覺得恐怖的停車場，現在都覺得一轉身就會看到上吊屍體，經過閃著綠光的逃生梯，頓時一陣陰森感湧上來，因為那綠色讓我馬上想到綠色的塑膠袋。

即便過好幾個月，但只要路上有人提著7—11的塑膠袋，我都覺得裡面裝的是人頭。

▼後記：

這故事我聽意欽哥說了很多次，可見他的陰影很深，後來他把地下室的停車位讓給了新來的同事，只為了避開逃生梯陰森森的綠光。

而我會知道他有這麼一段過去，是有天我傳了AV女優卜水櫻的片子給他看，飽滿圓潤的雙峰包覆在蘋果綠的比基尼胸罩裡面，意欽哥一看，嚇到手機掉在地上，我才知道原來快十九年來的陰影，依舊還在。

其實跟意欽哥搭檔五年，找鬼新聞真的做了不少，還是有經歷一些恐怖事件。好比一開始說的「基隆廢棄眷村高大女子」之謎，以及二〇二〇年我們去坪林拍攝湖桶鬼村，意外開發我們倆的靈異後腦杓，只要遇到髒東西我們後腦杓都會脹痛，然後同一年，我們去屏東麟洛戰俘營，意欽哥就在廢棄軍舍旁的竹林差點被卡到。

截稿之前，我們神鬼組合還是繼續當中……

故事收錄在《靈異錯別字51》。

11

「人肉吸魂燈」慘遭礦工輪上到腿軟

在《夜露喜ＫＵ》團隊當中，有位「人才」叫阿堯。

他是稱職的小編，也是外拍重要的伐伐伐……伐木工（玩過世紀帝國就知道我的梗），每次到草比人高的廢墟前，都需要他先去拿刀開路。但這都不是稱他為「人才」的要點，最重要的是他無可取代的被動技能「人肉補魂燈」。

只要有他在，鬼都會上他而不上我們，扮演肉坦戰士吸怪的角色，不過即便他血厚，也是有讓他差點ＧＧ的地點，死裡逃生後的阿堯，只要聽到那個禁地，頭跟屁股就開始痛。

接下來我會以第一人稱的方式，改編真實故事說給你聽。

「我是阿堯，忘不了幾年前鬼門開的第一天，我在三峽廢棄礦工宿舍所發生的事。」

在還沒到《夜露喜KU》找鬼節目前，我是在晴明的《靈異前線 GhostHunter》工作，有次晴明辦了一場「鬼門開前」粉絲見面會，地點就選在三峽廢棄礦工宿舍（以下簡稱宿舍），而我的任務是當關主。

先在涼亭集合點名，等人數正確我就一人下樓走到宿舍，點好一把香，等他們下來每人分一柱，隨後大家跟著晴明鬼屋進香。

這邊簡單說一下宿舍環境。

宿舍位在山坡旁，需要走樓梯下去，有點像地下室的位置，宿舍前面有幾棵濃密的大樹，過濾了大半月亮跟路燈的光線，使得照進宿舍的光影顯得更淡薄，順著走廊繼續走過去是廁所、澡堂、倉庫等等，眼前的一切因為年久失修，褪去的妝容裸露出深淺不一的水泥色。

我站在下樓梯右轉第二間的一樓，沒多久聽到晴明跟粉絲說「準備出發」，馬上就聽到粉絲一個個走下樓，腳步聲也越來越近，我擔心粉絲找不到我，於是大喊：「我在這邊喔！過來取香喔！」

步伐一個挨著一個，聲音越來越立體，但奇怪的是腳步聲都在離我一步左右的距離，就停住了，每一個粉絲都離我一步，卻沒有一個人靠過來跟我拿香，我納悶想開口說話，結果又聽到有別的腳步聲，陸續朝我走來，但是——

「**有的是從四面八方而來。**」

「**有的從後面的樓梯。**」

「**有的從旁邊的澡堂。**」

「**有的從眼前的榕樹林。**」

「**有的是穿靴子的。**」

「**有的是穿拖鞋。**」

「**有的是光著腳。**」

此起彼落的聲音卻很一致在離我一步的距離，停下，此時我知道——

「**來的並不是人。**」

「**我的人肉補魂燈又開了。**」

我慢慢的把手伸進口袋，拿了手電筒一照，四周一個人都沒有。

此時我四肢完全僵住，肚子像被皮帶勒緊開始絞痛，我知道他們已經準備上我身，必須趕快打電話或大叫求救，但現在我是「站著被鬼壓床」，全身上下唯一在動的只剩心跳。

就在我一直想用力掙扎時，一道光束照在我臉上，是晴明！他一直打我電話我都沒接，所以下樓看看我在衝三小，而我毫不客氣賞他一個臉色——一個慘白求救的臉色。

他盯著我，先是深深吸了一口菸（那時他還不是抽電子菸），緩緩吐出後才冷靜的叫人下來幫忙，隨後四、五個大男生用「拖」的，把我拖離現場。

但就在我被拉到門口的這一段路，後腦杓像是被安全帽、被拳頭、被手掌不停巴頭，巴到我痛到鼻子很酸，眼睛也流淚，我只能不停的默念：「對不起，對不起，我不是故意的……」雖然我不知道我錯在哪？

好不容易拉到馬路邊，我像攤濕掉的衛生紙糊在柏油路上，所有粉絲通通嚇到，大家又有默契的離我一步的距離，說好要找的關主，如今被鬼上到虛脫，看來下面的礦工需求很大，現在誰敢下去？

當大夥討論該不該叫救護車時，有位北上的女粉絲把剛求來的北港媽護身符，掛到了我脖子上，這比普拿疼還有用，整顆頭都不痛了，幾分鐘後我有力氣撐起身子，坐在地上。

晴明評估之後，覺得下面的礦工應該也飽了，活動照常舉辦，只不過原定幾個更深入單獨體驗的區域，就都拿掉。

雖說脖子還掛著北港媽的護身符，但全身上下痠痛到難以行走，死撐著把活動走完，天一亮開車回新竹，馬上到家裡附近的玄天上帝拜拜，再回家就失去意識睡到晚上。

「我是阿堯，忘不了幾年前鬼門開的第一天，我在三峽廢棄礦工宿舍所發生的事。」

▼後記：

阿堯跟我說這故事時，就是《夜露喜ＫＵ》團隊重回廢棄礦工宿舍的晚上，那時晴明、仁哥和黃濤在裡面補拍一些畫面，我、ＣＣ亞跟阿堯在上面的涼亭休息，阿堯直到上來離開宿舍，才開口跟我說這則故事。

我們周遭總有一種人，夏天蚊子多，但有他就不怕，因為蚊子會咬他，不會咬我們，阿堯就屬於這種體質；鬼屋好兄弟多，但有阿堯就不怕，因為好兄弟會上他，不會上我們。

偏偏阿堯又很喜歡跟我們一起找鬼，我想這或許也是他的一種癖好。

至於為何阿堯當時會吸引一票鬼來，又被鬼巴頭？除了他本身是人肉補魂燈，最主要是他手裡「握了一把香」，又「吆喝過來拿」，卻沒有先分給這裡的好兄弟，自然惹到它們不開心。

而這個地點，過去香港靈異節目團隊也聞名而來，當晚五個小時的拍攝，有三個小時都在驅邪，一下女助理被鬼上，一下男攝影被鬼上，那次我沒去，聽有去的晴明說的，聽下來真心覺得，廢棄礦工宿舍的工人需求真的很大。

故事收錄在《靈異錯別字30》。

通往宿舍的樓梯。

宿舍的某處像是廚房。

宿舍的前庭（只是我沒拍到大樹）。

宿舍黑板上有許多夜遊探險團寫「到此一遊」。

宿舍的一處走廊。

12

網紅「微疼」遊泰國，旅館夜半「女進房」

微疼，在ＹＴ說鬼界無人不知無鬼不曉，打噴嚏閻王桌子都會震動的「辣個男人」，我很幸運的採訪到他，心中有滿滿的激動想說，但一說會沒完沒了，開頭我就不多說了，趕快聊聊我採訪微疼，他分享自己撞鬼的故事。

接下來我會以第一人稱的方式，改編真實故事說給你聽。

「我是微疼，故事開始囉！」

這故事發生在我高三，我媽帶著全家三個小孩，跟著旅行團一起去泰國玩，那是我第一次出國。

第一次出國已經夠興奮了，到了桃園機場看到旅遊團裡有年紀差不多的團友，到了泰國，當地導遊也是一個會講中文的小哥，所以五天四夜裡，我們幾乎膩在一起，遊覽車坐在一起，下車一起拜廟看大象，晚上回旅館再去導遊小哥房間打牌聊天。

爽到最後一晚，我們入住到當地很有歷史的老飯店，相比前幾晚，要不是氣派的大理石大廳，要不也是比較現代的簡約裝潢，而這間飯店卻是鋪捲舊舊且暗沉的紅地毯，或許剛開幕是鮮豔的亮紅色。

我們在大廳分完房間鑰匙，拖著行李坐電梯上樓，到住的樓層再走到房間，這一路上通通都是「紅色」，不知道是明天要回去不捨得？還是這整棟詭異紅配色影響？我一踏進飯店之後，心情就越來越悶。

雖然是最後一晚，但大家要整理行李第二天又要早起，所以說好今晚就不聚了。

我進到七〇八號房，趕快洗完澡、塞好紀念品跟髒衣服、量了一下行李沒過重，就快快入睡，但這間飯店的隔音也不好，時不時會聽到走廊傳來——**飯店人員推著餐車還是行李推車走來走去的聲音**。

聽著聽著，忽然聽到有人在敲我房門，我帶著睏意下床，一開門看到導遊小哥，他開口問：「欸——要不要來我房間打牌啊？」

我說：「啊！還打牌？明天這麼早起，不是講好不打！」

但導遊小哥不死心：「唉唷——沒關係啦！打一下打一下。」

結果我跟我哥還是被凹去他房間，一進門也看到其他被凹來睡眼惺忪的朋友，不過聚在一起大家還是很開心，後來打到兩點多，飯店人員終於休息沒在走廊推推車，大家也累到不行回房睡覺，第二天一早累個半死在大廳集合。

一上巴士導遊小哥又跑來問：「欸——你們昨晚有沒有遇到什麼奇怪的事情？」

我打了呵欠：「有啊！有個白癡半夜十二點約我們去打牌。」

導遊小哥打我一下：「唉唷——不是啦，回去睡覺之後有遇到怪事嗎？」

我們心裡想，昨晚最怪的就是你，現在最怪的還是你，一直問是怎麼了嗎？導遊小哥想了一下，才坦白告訴我們……

幾年前，他帶了一個團也是住到這間暗紅飯店，團友A半夜睡覺一直聽見，走廊有人在推推車的聲音，後來推車的聲音越來越近，近到就像推進他的房間裡面，所以團友A伸手拿了眼鏡戴起來看看。

他隱約看見一名女子，出現在他酒紅色暗沉的房間裡，那名女子推著嬰兒車，從床腳慢慢推到床邊，越近形體越是清楚，但團友A始終看不見它是誰，直到嬰兒車推到了床邊——

「才從嬰兒車裡看見那名女子的頭顱。」

「咧嘴對眼跟他一笑。」

「很自然的穿過牆壁推到下一間。」

第二天起床，團友A馬上問了隔壁房的團友B，結果團友B也說，他昨晚半睡半醒確實有看到房間出現推著嬰兒車的女子，原來不是在作夢。

所以導遊小哥這次又帶團住到這間暗紅飯店，想了很久怕我們撞見（因為印象我們也是住到跟團友AB一樣的樓層），才決定約我們去他房間打牌。

聽到這我才反應過來，原來當晚我聽到飯店人員推著餐車還是行李推車，其實就是那位無頭女子在推嬰兒車。

「我是微疼，故事說完了。」

後記：

我個人覺得，是導遊小哥自己害怕拖團員陪他，但這不是重點，重點是我一定要來說說我怎麼跟微疼搭上線的（不管你們想不想聽）。

那是一個全台灣人都渴望疫苗焦躁的夏天，但我卻在那個下午感到些許涼快，因為記者的職業被排到第七類施打順位，所以我預約到疫苗了。

雖然打到疫苗，但當時疫情多點開花，只要拿得動麥克風嘴巴還能講話，不管你什麼線路的記者，通通撤去車站、醫院、學校這些爆發染疫的地點採訪，所以打了疫苗似乎也沒多開心。

危險的地方，大家逃命的往外跑。

但記者就是不要命的，往裡面鑽。

扯遠了，總之打完之後心情比較不緊繃，也可能是太愉悅了，我竟然厚顏無恥的寫信給微疼的經紀人凱特，說我想採訪微疼。

你要知道微疼這個神（他已經不是人了），ＹＴ訂閱人數超過八十萬，要找他是很難的（而且他又不住台北），所以當時我想過，寄過去的信很可能被忽略，運氣好一點會收到婉拒，但沒想到運氣好到凱特秒回說可以。

窩草！我是打了疫苗還是打了幸運。

總之約到了微疼，也見到了本人，基於尊敬，我沒有一直摸他，不然我很想知道他是什麼做的，然後我說了一個鬼故事，他也回我剛剛你們看到的鬼故事，只可惜，他趕著下一個行程，所以沒辦法聊到凌晨，反而是我跟凱特坐在「貳號基地 Cafe」，喝了他們特製的咖啡聊到快晚上。

非常感謝凱特，也非常感謝微疼，如果你還不知道微疼（應該不可能），那趕快去ㄚT搜尋「微疼」，看看他的作品，記得看完之後不要忘了回來看我的《靈異錯別字》，不要背信忘義。

最後還是要來聊一下民俗觀點，為何飯店總是這麼常有鬼故事？

依照「潮牌道士」曹育齊所說，飯店旅館的設計往往會有迴廊，有的迴廊更是錯綜複雜，加上飯店旅館的門很多，門對門的狀況也常見，所以這些風水的疊加影響，容易讓「陰陽兩界」產生誤入或難走出的迷路。

也就變成了鬼不小心進到飯店或是在飯店過世，卻難以走出的窘境，所以鬼也是會鬼打牆的。

回看微疼故事的嬰兒車女鬼，夜復一夜推著嬰兒車繞圈圈，可能就是走到頭都斷了還找不到出口。此外，站在飯店業者的立場，如果不幸在飯店、旅店、汽車旅館等地離世，你要業者找法師來辦法事，這難度相當高，畢竟哪間飯店會希望讓全世界知道我這裡死人。

又或二〇三號房一對情侶正在打炮快高潮，隔壁二〇四號房道士曹育齊正在搖鈴念經，誰先升天真的很難說。

所以我採訪過某資深汽車旅館業者私下透露，如果真的碰上命案，真要辦法事也是「簡配」，甚至有的根本不處理，因此請不乾淨又或留下來的，也就不意外。

但也不要因此不敢入住休息，畢竟又不是我們害死人家，真的會怕就找朋友一起住，像我常常出差一個人睡，晚上怕了就打電話找小姐，花點錢求個平安罷了。

故事收錄在《靈異錯別字45》。

13

土葬埋魂「衰事頻頻」，花「六萬」乩童救命

宗教習俗總是繁瑣，很多老一輩的提醒，年輕一輩覺得多「餘」，但就是這個多餘！讓我有這一則故事可以講。

接下來我會以第一人稱的方式，改編真實故事說給你聽。

「大家好！我是陳泰源，是一位專任約房仲。」

差不多五、六年前，我一個非常好的朋友家人過世了，他問我可不可以幫忙喪禮上的拍攝工作，因為我跟他真的很要好，加上去拍拍照也不覺得多難，所以就答應了。

他們是相當傳統的家族，喪禮下葬在彰化老家，一大早他開車載我，到了彰化一處三合院，魚肚白的天際照出庭院幾隻雞。

一下車朋友介紹完我，我就開始工作，一路拍拍拍，拍到一處山區的墓園，棺木都要下葬了我還在拍，法師點名並高呼轉身迴避，但我沒有——

一來，我是來拍照的，志工欸！應該沒差吧！二來，自己也有點鐵齒啦！所以就沒有轉身。

當時有位阿伯看我還在拍照，好心提醒我：「陳泰源啊！陳泰源，要轉身啦！」老一輩都說話了，我這才笑笑點頭回應轉身，就在我轉身時——**原本掛在左手腕的幸運麻繩掉了。**

麻繩材質本來就會因為久戴脫落，而且綁的時候我有許願，脫落象徵願望實現，當下收進口袋還有點小開心，殊不知我已經把噩運一併收起來。

當時我把新家的機械停車位出租，有位大哥來電問我，休旅車可不可以停？我說，我沒開車不是很懂，你來看別人怎麼停，你的車子跟他差不多應該就可以，但還是要看一下停車規格。

他老兄說沒問題就租了，租沒幾天車頂就被壓壞了，電話那劈頭就罵：「你當初說可以的！為什麼會這樣！」

我很無奈的回：「我沒說可以啊！我有請你自己看清楚啊！」

他依舊堅持：「你當初說有！你說有，你說可以的。」

一個三十多歲的大男人，行為像個三歲的小男孩，休旅車大哥一口咬定要我賠！我不答應，一起法院見，經過一連串煩人的程序，最後我是對的。

這樣的結果沒挫到他的銳氣，反而助長他的無理，三不五時跑來我公司門口大罵，每次他來我都很想躲進廁所一整天，最後都要麻煩長官找警方來處理，好不容易送走這位大哥，結果第二件事情又來了。

當時有位客戶委託我賣房，直接把他家鑰匙給我，說有客人看房就自由帶去看，這麼信任之下我卻把鑰匙弄不見了！

依照我嚴謹的個性，我會馬上打去給客戶道歉並自行掏腰包處理後續，但當時腦子某條線路出問題，竟然想說鑰匙不見只要不找它，過一陣子就會出現，偏偏第二天先出現的是屋主。屋主打給我：「小泰啊！我剛好在附近，忘了帶鑰匙，等一下去跟你拿借放的鑰匙喔。」東窗事發！

屋主非常不開心，認為我一定是掉了很久也沒在幫他賣房，一直到他要了鑰匙我才說掉了，不論我怎麼解釋，真的是昨天才弄丟，但這樣的巧合我是屋主我也不信，這案子自然就解約了，我也失去一位重要的客戶。

剛好隔一個禮拜，我帶一組客戶去台北大直看房，一開門撞見別家房仲A也在帶看，我就在外面等，A男帶看完也送走他的客戶後，便直直走過來，切到我跟我的客戶中間，當著面遞名片自我介紹，並說價格可以找他比較看看。

欸欸欸，大哥！我人就站在你面前欸！完全沒打招呼，超級沒禮貌，不過當下我還是笑笑的。

一回公司，我打電話去找A男理論，雙方在電話大吵一架，吵完店長帶我一起去找A男，結果是要我跟他道歉，因為他們公司有黑道背景。

這些衰事，都是前腳搭後腳跟著來，但真正壓垮我的是這件事。

當時有個七千萬的案子，買主開口說六千萬就買，那幾天我拼命跟屋主周旋，說這買家很有誠意，說服好久才談妥六千萬成交，最後一步買家忽然收腳，說想一想六千萬買這間不划算，中間的交涉很複雜，總之害我捲入一場買賣糾紛，又是店長出面幫我處理，但最後還是賠了八十萬元。

那時我跟家人、朋友、朋友的姐姐借錢，才還完這筆。

一連串的不如意，讓我患上憂鬱症，醫生看不好，藥也吃不好，我媽覺得再下去不行，從朋友打聽到一間宮廟，在新北市土城，拜關公的，要我去看看，我就說我是個鐵齒的人，當然不信，但又不想讓媽媽難過，還是去了。

那是一間在一樓的宮廟，裡面拜關公但沒神像，是一支令旗，乩身是位女生。

輪到我時，乩童問了一下，把事件的源頭點到我去幫朋友辦喪事導致，說我因為沒轉身迴避，又在現場被人直呼本名，所以三魂七魄一部分被埋進去，現在已經不完整。

再鐵齒的人被這一說，真的鐵不起來。

我媽確實知道我去幫朋友辦喪事，但現場沒轉身迴避、被人叫了本名、幸運麻繩斷掉這些，我根本沒說（也不會特別說），可是第一次見面的乩童竟然全都知道，甚至梳理了時間軸，點出所有的衰事都是從喪事之後。

乩童說要辦六場法會，一場一萬！我聽到六萬就不想處理了，因為沒錢又不想媽媽再出錢，但媽媽堅持，談妥每辦一場付一場的錢。

第一場法事辦完的第二天，我家就出怪事。

我家出現一堆黑色的飛蛾，那種小小不怎麼會飛很笨的蛾，一打下去會粉掉的那種（事後查才知道叫蛾蚋），但奇怪的是家裡不曾出現這些，而且我家住十二樓欸，哪飛進來的啊！

我打給乩童問，她要我趕快回廟裡拿符，再回家化在陰陽水裡，灑在家裡各個角落，灑完第二天所有的飛蛾都死在地上，我拿掃把掃了滿滿灰絨絨的屍體，第三天變得只有三、四隻，第四天就沒有了，超級有效。

不知道蟑螂是不是也可以用符水處理。

到了第四場法會，我的臉書出現一位陌生男子加我好友，劈頭就給我一間房賣，說從網路上看到我介紹房子的影片很不錯，所以很阿莎力直接交給我，這案子很快成交，我也拿到六％滿％的服務費，雖然補不滿當初八十萬的坑，但也還了一大半。

最後一場法會辦完，我成交了台北市錦州街的知名連鎖店面，又拿了一大筆的服務費，不但還完所有欠債還有法事的錢，自己還存了一點。

結束後，廟方送我一個墨綠色的關公玉珮，但因為太重了，掛在脖子不舒服，平常放在辦公室，外出就放在外套右邊口袋。

其實回想自己不如意的那一段過程，很多時候是理智知道不可以，但當下就是不在乎，感覺那場法事是在幫我把理智線慢慢接回來。

「大家好！我是陳泰源，是一位專任約房仲。」

▼後記：

我還記得第一次跟泰源哥見面，是要採訪一則「租屋糾紛」的新聞，需要找位房產專家來解說，中午打給他說明來意，他說他休假在家休息，但還是跟我約了一個時間。

我提前抵達，他卻已經站在那邊等我，穿好白襯衫打好領帶，臉上戴著一副粗框眼鏡，下半身穿的是短褲，他說你拍上半身就好。

架好攝影機，麥克風堵上去，他一口氣把所有問題答完，沒有停頓、沒有吃螺絲，一鏡到底一次打完收工，而且秒數剛剛好不需要剪，最後客氣送我們去坐車。

所以當我聽完他說的這則故事，很難置信「真的是我認識的泰源哥嗎？感覺他沒有這麼粗線條啊！」

我詢問了民俗專家三龍法師，他說如果是「被煞到」或是如乩童所說「三魂七魄不完整」，是有可能影響一個人的判斷能力。

首先地理師或法師會依照日子、時間、生肖、族群排列出一些容易被煞到的組合，就是希望這些對象在這些時間，稍微閃避一下。

那像是入殮蓋棺的時候，這儀式本身煞氣就很重，你就想像裡面是「喪氣十屍氣」的一個狀態，所以蓋子一蓋上去，所有氣通通噴出來，叫你轉身你不轉，如果你又是現場時運最低（年煞月煞日煞），別人撞到沒事但你可就有事了？因為煞氣是一種無形的能量，不像鬼有意識，所以是無差別範圍攻擊。

偏偏又有一位阿伯神助攻，叫了你的本名，幸運麻繩的防禦力當然擋不下這波攻擊。

不過有些煞氣是輕微的，好比輕微擦撞，當下吐一吐、頭暈一暈就好，那嚴重一點的撞下去魂魄就彈出去了，如果魂沒收回來，是不會隨著時間自然復原，反而會越來越糟糕。

三龍繼續補充，煞氣不是都是壞的，聽過懷孕的女子參加婚禮要迴避嗎？這種

「喜沖喜」也是煞氣，所以才有敬酒先離席，或是肚子綁紅線等作法。

總之老一輩說的習俗總有一些道理，如果真的不想聽或是不記得，犯到了也沒關係，無心之過好好處理，普遍來說都不會太嚴重，但記得事後要聯絡我，我需要寫故事。

另外泰源哥有不少跟房產、理財相關的作品，一一敘說太多，你臉書打「陳泰源──專任約房仲的斜槓人生」，去他的粉絲團慢慢看就好。

故事收錄在《靈異錯別字27》。

14

阿里山家族祕辛，「腰斬命案」藏悲情

老Z都說要善用公司資源，善用公司一堆正妹主播記者feat.說鬼故事，我怎麼可能放過坐我右手邊的辣妻何樬瑢，再加上她的YT節目《詭案樬客室》，人氣之高，不蹭一下對不起自己。

一開始我用跟老Z同樣的手法詢問，尾隨辣妻進女廁，然後蹲在她隔壁間敲隔板問她——

錯別字：「叩叩叩……辣妻，我錯別字！想問妳有沒有撞過鬼？」

辣妻：「有——」

錯別字：「什麼鬼？」

辣妻：「色鬼！跑進女廁騷擾我的色鬼！」

錯別字：「誤會了，我是為了工作……」

辣妻：「內湖分局嗎？我這是中天女廁，有個變態在我隔壁間……」

我用一個做筆錄的時間，讓辣妻想到有次家族出遊去阿里山，在路上遇過一件怪事，進而挖出家族裡的一個祕密。

接下來我會以第一人稱的方式，改編真實故事說給你聽。

「**我是辣妻何榶瑢，兼具美貌性感與智慧的何榶瑢**（她逼我寫的）。」

因為錯別字問我有沒有撞鬼，我想了好久才想到，有一年我老公開車載一家人出遊去嘉義阿里山，蜿蜒山路緩慢穿梭森林之際，在後座的某位親戚突然提議，想去以前住的地方舊地重遊。

我爸爸整個家族四、五〇年代是住在阿里山上的，後來因為工作才陸續搬下山。稱職的司機老公聽著七嘴八舌的人肉導航，轉動方向盤，越靠近老家，老人們越是興奮。

「丟丟丟，丟吸家啦！丟啦……」（對對對，就是這啦！對啦……）

「變家賊，變蝦米徒步區喔？架水——」（變這麼多，變什麼徒步區喔？這麼美）

「路變平了、變大條了欸。」（這句不是台語不需要翻譯）

就在車子彎過一座大橋，女兒瞬間爆哭，全家兵荒馬亂的處理，塞了奶嘴，沒用；泡奶，不喝；尿布，沒濕，正當想說是不是暈車？要不要停下來？車子剛好開過一座大橋，女兒瞬間不哭只剩哽咽，這時車上有位親戚，用台語小小聲的說：

「那個誰誰誰，在這座橋跟我們打招呼啦！」

因為我在忙女兒，只聽到他們說過去家族在這發生過一起命案，談論完之後親戚們也變安靜了，原本懷舊的喜悅被沉重感取代。也因為錯別字熊熊一問，才讓我想到這起事，我打去問那位親戚，他娓娓道來當年的始末……

當時的台灣人很苦，稀飯煮到像水頂三餐，家裡張口的小孩又特別多，所以普遍都是吃不飽穿不暖，在我們家族中有位阿伯，年長力氣又大，所以一退伍就跑去當「木材搬運工」，扛起家裡弟妹的溫飽。

一個很孝順的孩子，但不知道為何這位阿伯的爸爸非常討厭他，從小就用三字經咒罵他，最常罵的口頭禪是——**「你這孩子活不過二十歲！」**

雖然父子關係不好，但為了弟妹和媽媽，阿伯也忍了，每天把山上砍下來的樹木，劈成小塊木材，再搬上貨車運下山，光聽就很累又危險，但咬著牙也做完三個月，拿到薪資那一刻，一切都值得了。

阿伯馬上拿錢在城市裡買了弟妹的新衣，還買了一擔的米（五十公斤），剩下的錢拿回去分給家人。

但就在阿伯要回家時，老闆叫住了他，希望阿伯再幫忙接一次單，因為人手不足又加上阿伯能力好，阿伯雖然很想回家，可是老闆真的對他不錯，而且再接一單又可再賺一筆，所以他拎著買來的新衣跟米坐上大卡車。

上了阿里山，開始搬運、綑綁、裝載，結束後阿伯跟著車斗上的木材一起躺平睡覺，就在車子彎過一座大橋，聽同在車斗的一位大叔說，阿伯不知怎麼忽然摔下車，一落地車輪馬上輾過他的肚子。

一個連手機都沒有的年代，發生在阿里山上的意外，全部人都知道凶多吉少，就這樣阿伯躺在橋邊，臨終前留下一句：「幫我……把這些衣服……米給家人……」

阿伯吞下最後一口氣的地方，就是我女兒忽然大哭的橋邊，所以才有親戚想起這段過往，喃喃自語的說：**「那個阿伯，在這座橋跟我們打招呼啦！」**

但這過程有幾點怪怪地方，同在車斗的那位大叔說的是真話嗎？

別說我們社會命案做多有職業病，處處懷疑人，因為阿伯工作能力好，賺的錢也比較多，所以老早就被那位大叔眼紅常找阿伯的麻煩，兩人當然也常常爭執；其次一年過後，那位大叔在高處工作時莫名的摔落傷到脊椎，從此半身不遂。

「都是從高處摔下。」

「只是一個是死一個是生。」

「這樣巧合總讓人多想。」

最後就是，阿伯的爸爸從小就罵他：「你這孩子活不過二十歲！」，而這句詛咒最終，也應驗了。

「我是辣妻何槵瑢，兼具美貌性感與智慧的何槵瑢（她逼我寫的）。」

▼後記：

你相信詛咒嗎？嘴巴上説説的事情真的會應證嗎？

潮牌道士曹育齊就提過，我們所説的每一個字，串起來就會產生無形的力量，這也是為何誦經可以驅邪、避煞或請神。

這也讓我想到漫畫《咒術迴戰》裡的咒術師——狗卷棘，能讓言靈（語言咒力）產生強制力的術式。如果我是狗卷棘，一定每天站在街頭，看到穿裙子的女生經過就大喊：「起風，起風！」

好，不説民俗觀點也不説幹話，我們説《祕密》這本書提到的「吸引力法則」，常説（常聽）的話會留在心中，潛移默化滲透到腦袋改變思維，進而改變你的行為。

語言是有力量的。

最後廣告，如果對國外的詭異殺人案件有興趣，可以去ＹＴ頻道搜尋《詭案槵客室》。

故事收錄在《靈異錯別字63》。

15

性感 Teresa 偷偷說「某電台」男廁有祕密

二〇二一年五月，疫情肆虐，管你社會、黨政、娛樂、生活還是像我民俗線的，通通匯集到醫療疫情線，一路吵吵鬧鬧到七月，好不容易回《靈異錯別字》的節目，結果椅子還沒坐熱，在七月二十二號的下班前一小時，我臨時被叫去開會。

因為明天就是東京奧運開幕，國際組長官成立「東奧小組」，知道我大學念台北體院，抓我播體育新聞剛好，還來不及反應我的座位就搬到了國際組，第二天開始支援東京奧運。

聽起來很累，但我卻充滿動力，除了我熱愛運動，再來就是我坐在國際組最美的 Teresa 對面。

東奧期間，有問題沒問題我都找她聊天，得知過去她在美國電視台實習，有在那邊遇到一起靈異故事，東奧結束馬上找她來錄影，但因為 Teresa 的故事屬於「微靈異」，所以我先分享一則阿泓攝影棚撞鬼的故事，最後以 Teresa 的故事結尾。

接下來我會以第一人稱的方式，改編真實故事說給你聽。

「我是阿泓，這是我在××電視台工作遇到的衰事。」

當年我在電視台當助理，工作就是安排來賓、印製節目流程表、偶爾支援道具組、偶爾支援行銷組、偶爾被叫來叫去……

說穿了就是個打雜。

有晚錄影前我去哈根菸，抽著抽著看了手錶竟然離錄影時間剩不到十分鐘，我趕快把菸丟到旁邊八寶粥的鐵罐裡，「嘶——」的聲音還沒結束，我拿著對講機和板子就跑回去，你要知道攝影棚很大，不是轉個彎就到的距離，我小跑步左轉要拐到走廊前，差點跟一位男同事撞上。

「他戴帽子，穿迷彩褲、黑色短T。」

會記得這麼清楚，是因為那時十二月，攝影棚又在偏僻風大的地方，我穿羽絨外套在後面抽菸都冷得要命，那位大哥有辦法穿短袖去抽菸？而且都要開始了他才去抽菸？

進了攝影棚關了大門，我站在角落看主持人耍B開場，同時也看到那位迷彩褲大哥，已經坐在二樓打 fallow 燈的平臺那邊，兩腿開開、雙手環胸豪邁的坐著。

「動作也太快了吧！剛剛不是去抽菸？」我心裡這樣想。

這是我第一次遇到他。

錄到一半，輪到一位有大頭症的老藝人分享故事，她傻了一下，隨後邊想邊掰說完，一看就知道沒準備來騙通告費，但萬萬沒想到，錄影結束她跑去跟導播和主持人告狀。

「你們家弟弟（就是我）又沒說要錄這一段！這樣搞得我很尷尬欸……」我聽到差點拿椅子砸她，我明明就打電話跟她說過，電話那頭她愛理不理，傳 LINE 已讀不回，什麼叫我沒說。

但人家是老前輩，最後這鍋我還是背了。

這件事過後，我好一陣子沒看到迷彩褲男，下一次看到一樣是錄晚上十二點的場。那陣子很常失眠精神狀況很差，還長了一堆痘痘，我上完廁所走去錄影棚，長長的走廊宛如美國十五號公路，迷彩褲男從對面飄過來往抽菸的方向去，我心裡碎念：

「馬的，我做得要死又背鍋，你這種不做事的開錄前又去抽菸！」結果一進棚一抬頭，他又出現在二樓，又是坐著相同的姿勢。

這次錄影我時不時抬頭，想不起來他到底是誰？而且他維持同個姿勢都沒動過是睡著嗎？又或是動過又回到原本的動作？但怎麼看怎麼怪。

這是我第二次遇到他。

錄影結束在搬器材時，我沒注意到凸出來的薄木板，手被這麼一劃鮮血滴了滿地，到了醫院縫完針，等拿藥時我就在想：

「第一次遇到他我背黑鍋。」

「第二次遇到他我縫五針。」

「怎麼遇到他都會有衰事。」

有天下班大家約吃永和豆漿，飯桌上我忍不住問：「欸，我們組上有位大哥，穿迷彩褲、戴帽子的，你們知道他是誰嗎？」

沒人知道他是誰，甚至沒人看過他，但明明這麼常遇到，而且這麼好認，怎麼只有我看得到他一樣。

一路聊到凌晨兩點多，大家各自去牽車準備回家，這時馬哥走到我車旁找我抽菸，我給了菸也幫他點上，他吸了一口才對我說：

「你剛剛說的那位，是我之前的同事，不過……人家已經過世了，十幾年前錄影錄到一半，坐在椅子上心臟病發就走了！」

我吸了一口氣：「什麼意思……我看到鬼……嗎？」馬哥吸一口菸點點頭，「所以馬哥……你也看到了……」

馬哥搖搖頭：「沒，我沒看過它！」

我問：「那你怎麼知道是它！」

馬哥說：「過去有些人看過，都有在說……坐在二樓的那個姿勢就是它過世的樣子，重點是小泓啊……看過它的人都很衰……你最近要小心一點，有空去拜拜。」

說完，馬哥把菸丟在地上踩熄，升起的白煙像我升起的滿頭問號，是卡到嗎？還是跟著我？唯一有的答案，是衰事沒跟著傷口一起縫起來，反而是一針接著一針來。

「先是上班擦撞轎車賠了幾萬塊。」

「再來女友跟我分手。」

「最慘的是我跟長官槓上離職了。」

而這一切都是我卡到那隻迷彩鬼之後發生的，離職後我在家裡睡了好幾天，有天起床想說去行天宮拜個拜。

沒多久，我找到一份薪水更高的工作，不用天天熬夜錄影，工作期間認識了一個乖乖牌的新女友，人生F5重新整理過，隔了半年馬哥約我跟前同事吃飯，我則是把這撞鬼的故事端上桌，就當我痛罵都是那迷彩鬼帶賽時，馬哥卻說：「不是你看到它才衰，是衰的人氣運低才見鬼。」

「我是阿泓，這是我在××電視台工作遇到的衰事。」

▼後記一：

當我聽到阿泓跟我說的這故事時，我相當震驚，這是一個邏輯性的問題。

確實是時運低容易看到鬼，而非鬼一直要出現嚇人，三龍法師就說過，你要一隻鬼平白無故現形給你看，是很花力氣的，至於影響元神強弱的關係很多，最直接的就是你的精神，好比我最近為了趕這本書，睡得少、吃不好、工作壓力大導致精神狀況差，此時還有老師說我元神強，那勢必是神棍。
所以有時你真的撞鬼又或衰事不斷，請假、睡覺、吃大餐，有空去廟裡拜拜，說不定比花大錢找老師或買開運商品有用。

那麼接下來換 Teresa 說說，她在美國遇到的故事。

接下來我會以第一人稱的方式，改編真實故事說給你聽。

「我是 Teresa，這是我在美國一家電視台實習聽到的鬼故事。」

我在美國念大學時，就對新聞這行很有興趣，某一年暑假，我錄取台灣某家電視台美國分公司的實習生，公司離我住的地方開車算近，不用上高速公路，走平面很快就可以到。

那間公司有兩棟大樓，你要知道美國地很大，建築物也很大，即便員工很少。

我是在後面那一棟實習，裡頭除了我們記者上班的地方，另一部分是攝影棚，所以整棟大樓幾乎沒什麼人氣，很多區域到我離職，都沒看過有人開燈使用。

「但唯獨男廁永遠開著燈。」

雖然很奇怪，但我也不會特地走進男廁關燈，直到後來實習結束，我在餐會提起男廁的事，一位待比較久的前輩才跟我說。

當年老闆特地找了一位風水老師，飛到美國看分公司風水，老師看一看就說，廁所裡面有個小男孩，但也不用做法鬧這麼大，建議廁所燈最好一直開著，洗手台要放裝滿鹽巴的白色盤子。

這一說，想一下，確實有瞄過男廁洗手台有個白盤子，起初還以為是放肥皂的。

曾經有同事很晚下班，離開公司時才想到東西忘了拿，她獨自折返漆黑一片的辦公室，唯獨男廁的燈是亮著，這已經顯得很詭異，又加上她也知道男廁小男孩的故事所以更加害怕。

她回到位子拿了東西就走人，卻在一轉身時清楚聽到男廁的那個位置，有東西掉下來，嚇到她頭也不回拔腿就跑。

「我是 Teresa，這是我在美國一家電視台實習聽到的鬼故事。」

▼後記二：

你有沒有發現，歐美的鬼很喜歡動東西來刷存在感，好比把衣櫃打開啊、半夜挪一下椅子等等。

但就算這麼「微靈異」，對 Teresa 來說已經是大辣加蒜的重口味，也因為這則故事，Teresa 每次播六點的新聞，前一天下班前就會裝好水，避免第二天凌晨四點進公司，獨自去茶水間，更不會去上廁所。

我好奇的問：「是因為我們公司廁所也有鬼故事嗎？」

Teresa 說：「不是鬼，是有變態！我聽辣妻說有男同事會蹲在女廁——敲隔間板問問題，聽起來就很變態，但我忘記她說是誰了？你有聽說嗎？」

我馬上回：「我有聽說，是老Z——但你別說我說的。」

故事收錄在《靈異錯別字58》。

16

「文大墜樓」到處笑，「立綱哥」竟然知道

如果從網路排名「大學鬼故事」的庫存量，文化大學坐二望一，就連我們知名氣象主播兼《新聞龍捲風》主持人戴立綱，都說自己待過二十年的母校，鬼故事還真不少。

二〇二一年鬼月，我特地約了立綱哥跟我半夜到深山之中，一起聊聊文化大學鬼故事，我先出招分享一則故事，立綱哥竟然知道這一則，還能補充我所不知的部分，給了我後續的拼圖。

接下來我會以第一人稱的方式，改編真實故事說給你聽。

「我是阿遠，我不是文大的學生，但我經歷的故事與文大很有關。」

大學有陣子我過得非常不好，父母鬧離婚、摩托車被偷、一起翹課只有我被當，有天我女友說要不去文大後山

看夜景，散散我腦袋上的烏煙瘴氣，乘著風從後山髮夾彎一路騎，人還沒到烤香腸的味道就先飄下來。

我們找了個水泥護欄坐著，聊到一半後方忽然傳來一聲巨響，這一嚇，現場全部的人都往後看！有些膽子比較大的起身跑過去看，在我轉身時女友拉住我：「不要去啦，很可怕欸。」

我說：「看一下就回來，沒事沒事。」

結果跟大家所想的一樣，一起墜樓事件就在眼前，耳邊盡是「快叫救護車」、「啊——不要看」、「跳樓啊！有人跳樓啊」，當下我是感到害怕卻又興奮，仔細看完跑回去跟女友報告——「跳樓欸！整個人躺在一灘血水上，她的手腳歪七扭八的……」

說到一半女友叫了一聲要我閉嘴（其實現在想想我也很白目），吵著趕快帶她走，騎車下山時我苦笑，真的很衰吧！連看個夜景都能遇到跳樓，女友沒回，一直說要去拜拜，下了後山直走天母東路，肯德基旁有間廟（天玉宮），到了之後發現關門了，但女友還是對門口拜了拜，我再載她回宿舍。

當晚洗完澡，我的左眼球就脹血發紅，一條條血絲包住眼球，看了醫生也說不要熬夜，不要打電腦、不要滑手機，給了我一瓶眼藥水，要我多閉眼休息，但只要我一閉眼，就會看見當晚墜樓的畫面，睡覺更是一定做惡夢。

每次惡夢都是高處有東西往下墜落，重摔發出巨響，然後我就會瞬間嚇醒，也因此變得很淺眠，淺眠做不了惡夢，於是乎惡夢就蔓延到了現實之中。

當時只要學校沒課，我就會去一間連鎖 PIZZA 店上班，我的工作是在內場配料跟烤 PIZZA，廚房裡有扇對防火巷的小窗戶，那天我盯著烤箱裡的 PIZZA，覺得眼睛有點酸看向窗外，才定格幾秒一道人影從上而下摔下，我叫了一聲，一旁的同事抖了一下。

「叫三小！」

「有人摔下來了！在外面，防火巷。」我指著窗。

「哪裡哪裡？」一群人放下手邊工作，全部把頭擠到窗戶邊。

但外面一個人影都沒有。

同事們嗆我幾句一哄而散，此時我知道我的狀況，越來越糟糕。

理當來說，我應該要花時間上網找廟或找老師處理，但我找的是死者的背景資料，我上網看完所有相關新聞和底下留言，再跑去各大論壇爬文，拼湊死者資料，但其實真的有限，漸漸的，當我放空時會喃喃自語，重複自己都不知道的對話——

「你為什麼要拋棄我？」

「你為什麼要跟別的女生在一起？」

「我要死，我要你跟那女的一起後悔！」

而這些話還不是自己發現，是女友或朋友在旁邊聽到推我一下，問我在跟誰說話。

都變成這樣，女友自然擔心到爆，她一口咬定就是當晚墜樓事件害我卡到，要我趕快去拜拜，看我愛拜不拜，就幫我求了護身符並叮嚀一定要戴。但我這個人就是不愛戴，光看到護身符就全身不自在，就以流汗不舒服為由丟到抽屜裡放著。

有晚約好要去劍潭捷運站接女友，結果我卻騎到文化大學大〇館，佇立在當時墜樓的現場，好想好想……上去當初跳樓的地方看看。

我想了好久好久，警衛也看我好久好久，看一個傻子站在那一動也不動，直到那傻子往學校裡面走，當然要去阻止，幾個月前這個時間才跳一個下來，怎麼能接著第二個。

警衛要我出示學生證，我沒有，就騙說想借廁所又騙說要找女友，警衛智商不低騙不過，我就惱羞大吵大鬧，最後警察把我乖乖帶去派出所，女友也坐車上山來派出所領人。

當時有個老警察，在旁邊聽我們做筆錄，很敏銳啊，他就問了一下我的狀況，我回的支支吾吾，女友則是劈哩啪啦，把當晚到今晚所發生的事通通報告完畢。

老警察聽完之後說：「如果你男友沒嗑藥，腦子也沒壞，那應該是卡到了！」

說完，他給了我們一間廟的地址，並說去了之後報他名字找一位老師，第二天女友一早就壓著我騎車前往。

到了之後，有位滿頭白髮的廟公，先請我們吃糖再去跟神明談談。

談完臉一沉告訴我：「阿弟，你有在死人面前亂說話喔！」

我很緊張，但想了一下：「沒有吧！我當時沒有亂說話啊！」

廟公繼續說：「不對喔，你後面有一個女的，它有進來跟神明告狀，說你有在它面前亂說話。」

聽到女鬼就在附近，我背脊一陣酥麻，女友更是頻頻回頭看看四周，但想著眼前有神有廟公，我們又沒這麼害怕。

就在我說一句，女鬼補充一句，最後廟公整理會議記錄說當晚我們去文大後山遇到這起憾事，現場人多但我的氣運最低，當然挑到我，又加上那陣子我逢人就說跳樓事件，還把女死者死樣鉅細靡遺說給大家聽，但我不知道的是——

「女鬼就跟在我後面。」

「所以才有在死者面前亂說話。」

畢竟我把人家跳樓當八卦笑話到處說，知道原因，我不敢多說一句，女友自然是氣到不行，神明作主之下我誠懇道歉，燒了很多銀紙物品和經文，慢慢的才好轉。

其中還有一個巧合，就是我的左眼一直充血發癢，跟當時死者墜樓臉朝下時，噴出的眼珠子一樣都是左眼。

「我是阿遠，我不是文大的學生，但我經歷的故事與文大很有關。」

▼後記：

當時我把這故事說完，立綱哥馬上說他知道這一起，還點出時間跟地點，反而是我不清楚這麼細的資訊，因為這故事是我朋友學妹的男友（阿遠）的故事，關係很遠，所以我也化名他是阿遠（是不是很隨便）。

立綱哥還說，這起事件發生時他已經在中天上班了，是警衛得知馬上告知立綱哥，說一位學生在大〇館跳下來，嚇壞一堆看夜景的情侶。

之後立綱哥跟我分享更多文大的經典傳說，有滿滿滿的鬼電梯、淺淺噴水池淹死人、大仁館反八卦設計等等，這些故事上網查都可以找到，我就不在這騙字數，不過有個故事可說是新鮮。

有天，文大的警衛大哥，剛剛看完我跟立綱哥合拍的《靈異錯別字》第40集才去巡邏，就發現大仁館某間教室的投影機自動打開，整間教室閃著發毛的藍光，警衛大哥回到警衛室拿了鑰匙，進教室關掉投影機，還在傳訊息給駐警群框時——**投影機又自動打開了**。

我在想，當晚的好兄弟說不定揪一揪，到大仁館的教室，想用投影機看《靈異錯別字》，投影機才剛開就被關掉，再開又被警衛大哥拔插頭。

不知道後來，那位警衛大哥有沒有怎麼樣……

故事收錄在《靈異錯別字40》。

17

「偷聽史多利」康納，遭女夜襲直呼「好累」

如果你愛聽鬼故事，你一定聽過「偷聽史多利」，如果你沒聽過偷聽史多利，現在我說給你聽。

「偷聽史多利」是由康納、卡拉、史瑞克，三人組成的 Podcast 說鬼團體，對！是艾瑞克，我就是故意打錯看你們有沒有專心。我非常榮幸（不要臉）找到他們，一起來跟我聊聊鬼故事，但沒想到的是，他們在**「租屋遇鬼」**這部份的經驗這麼豐富，隨口一說就是三個起跳，對我這鬼故事癡漢來說再好不過。

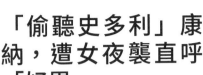

接下來我會以第一人稱的方式，改編真實故事說給你聽。

「大家好！我是康納，這是發生在我大學租屋的故事。」

大學生都比較窮，所以當時我是找朋友合租房子，自己住便宜的雅房，房門推開一眼看完三坪大空間，一張單人床、一張桌子跟一個櫃子，所以我躺在床上，身體不動頭翹起來，就可以把整個房間掃一遍。

有一學期忙於社團活動，我是幹部都要忙到很晚才能回家，常常一回家洗個澡就睡了，事情就發生在如往常一樣一回家就睡的晚上，朦朧之際我看到——**怎麼有個女人在我房間**。

我張眼納悶，心想沒叫小姐啊？而且她是怎麼進來的？我努力讓大腦運轉起來，同時也瞇著眼想看清楚她是誰，當我的瞳孔漸漸放大，她的外型也漸漸清楚。

那是一位中長髮的女孩，但穿著、長相、年紀等等我通通看不清，硬要說，好像是穿白色的衣服。

試想睡到一半，一個女孩站在腳邊看你，正常人都會閃尿，但我卻一點感覺都沒有，不覺得這女的會對我怎樣（或是很期待她對我怎樣），也許當下我還以為它是人吧！

就在它確定我看到之後，開口就說：「我的東西掉了，你可以幫我找嗎？」

它說話很平，沒有像鬼片那樣尾音拖很長，不過感覺這句話它說了很多遍，順暢快速沒有斷點一次說完。

但我當下一聽，頭上滿是問號的問：「妳要找什麼啊？這是我房間欸。」

它聽完沒有回覆只有重覆：「我的東西掉了，你可以幫我找嗎？」

然後就一直重覆一直重覆，重覆到我煩了就說：「好啦！好啦！我幫妳找。」

我打開手機的手電筒，開始照房間的每個角落，邊照的同時也邊問它：「妳要找什麼啊？至少說一下那個東西長怎樣吧。」

那女的又回：「我的東西掉了，你可以幫我找嗎？」

最後我應付應付的照完一圈就躺下來：「我好累啊！我找不到，我要睡了。」

當我再張開眼睛時，已經是第二天了。

一起床我就想到，昨天做了個怪夢，等醒來想一想才開始感到害怕，有想過是不是隔壁女室友來找我？但不對，她是留長髮，夢中女孩是中長髮，沒頭沒尾的怪夢我也不打算多想，拿起手機看看幾點就準備去上課，這才發現——**我手機是開著手電筒的模式，而且手機剩下沒幾%的電**。

「大家好！我是康納，這是發生在我大學租屋的故事。」

▼後記一：

這故事說完，我第一個想到，是不是那女鬼缺了一隻手或一隻腳，因為這故事很像「苗栗扶輪亭找手女鬼」的新聞，故事簡單來說，有個在便利商店上大夜班的男孩，有天下班騎車路過一座涼亭，看見一位女子在招手，他下車問怎麼啦？女子就回：「我手不見了幫我找找。」

這起靈異故事不是空穴來風，因為一九九五年苗栗的賴姓男子，殺害妻子並分屍丟棄，其中一隻手就是丟在涼亭附近，但警方始終找不到，即便是後來破案，但女鬼依舊冤魂不散。

至於那座涼亭，幾年前要去採訪時才發現被拆掉了。

不過康納有說，那女鬼看起來四肢完整，不像殘疾人士，我還是認為，說不定女鬼缺的是肝臟、腎臟只是你看不到，康納聽了嘴角抽搐一下，給了我一個禮貌的微笑。

至於那女鬼有沒有去找其它室友？康納說應該沒有，有的話半夜會聽到她們的尖叫聲。

康納的故事結束換卡菈（艾瑞克此時陶醉的在彈琴），卡菈的故事發生在她姊夫身上。接下來我會以第一人稱的方式，改編真實故事說給你聽。

「Hi我是卡菈，這是發生在我姊夫幫忙朋友看房時，所遇到的可怕故事。」

其實我的家人，每一位都有靈異體質，像是巫婆之類的血統，就連我姊夫都有，唯獨我沒有，我是家中唯一的麻瓜。

但也不能說麻瓜，或多或少我有一點點感知能力，所以算半麻瓜。

至於我姐夫是有「陰陽眼」，而且不分時機、不分場合，二十四小時無限開通。有時看到的鬼發著綠光、紅光或白光，但最常看到是一個黑影，像漫畫《名偵探柯南》裡面的黑衣人，他曾經在自家廚房看到一個黑衣人，倒著像電影《大法師》在地上反著爬來爬去。

就因為他是「人肉靈體雷達」，所以只要有朋友去看房，都會帶上他去掃雷。

有次姐夫陪朋友一起到新北市蘆洲看房，他一進去就強烈感覺到很害怕，那種害怕不是空間扭曲或是有臭味或是滿屋子黑衣人，是一種直覺的怕。

像是青蛙看到蛇，姊夫是青蛙這間屋子是張開大口的蛇。

房仲跟他朋友邊走邊介紹，姐夫就拉長天線在屋子裡左右的掃，掃著掃著走到角落的茶几附近，雷達發出「逼逼逼」的聲音，當然這「逼逼逼」姐夫沒用嘴巴發出來，純粹是腦海響起的警示音。

姐夫懷疑茶几有鬼，但有陰陽眼的人都知道，不能讓另一個世界的鬼知道你看得見它們，不然會很麻煩（找你討吃、討幫忙、討超渡、討拍拍），所以姐夫就哼著歌，慢慢晃啊晃到茶几旁，時不時摸摸電視、摸摸酒櫃，手指滑過窗框檢查灰塵。

就這樣晃到了茶几邊邊，姐夫把口袋的鑰匙拿出來丟在地上並大喊：「哎呀！怎麼那麼不小心。」隨後彎腰去撿鑰匙，並把頭慢慢轉去茶几底下。

「姐夫看到一個人蜷在桌子下。」

「像漫畫《漩渦》裡面的人。」

「頭很大但身體完全捲到變型。」

「擠壓成一圈。」

看房結束，姊夫如實把所見告訴朋友，強烈建議不要租這間房，我想沒人聽完之後會想租，除非他是《漩渦》的鐵粉。

「Hi我是卡拉，這是發生在我姊夫幫忙朋友看房時，所遇到的可怕故事。」

▼後記二：

聽到茶几底下的鬼，我腦子馬上閃過「肉桂捲」、「人肉桂捲」、「人肉鬼捲」。

訪問完「偷聽史多利」的那陣子，不知為何ＩＧ忽然颳起一堆朋友在吃肉桂捲，每次滑到我都忍不住乾嘔一聲。

就當我以為康納跟卡菈都說完了（艾瑞克不說靈異故事，但他是團隊的靈魂人物），當我跟意欽哥在收麥克風，準備結束採訪時——

康納說跟卡菈提到：「我們最近去看房子，不是有遇到嗎？」

卡菈一震：「喔喔喔！你說那一起喔……」

我在旁邊忍不住問：「哪一起？」

因為他們現在租的房子空間太小，所以大家打算租更大的一間，去採訪的那陣子，他們也剛好在找房，結果兩人都卡到不乾淨的東西帶回家，起初彼此都不知道，到了事後聊起來才發現。

「原來兩人同時撞鬼了。」

「康納差一點跳樓。」

「卡菈洗澡發現肩膀有指痕。」

我聽完這則故事，覺得也太像電影劇情了吧！想聽嗎？是不是發現頁數怎麼有點不對勁！對，想聽請去YT找《靈異錯別字》第83集，裡面有完整版。

至於你習慣聽鬼故事的，「偷聽史多利」的Podcast說鬼團體，鬼故事非常的多，重點是有史瑞克靈魂人物加持彈琴，會依照劇情調整節奏，所以那種氛圍感是很獨特的。

對！是艾瑞克，我不是錯別字，我是在看你們有沒有專心。
故事收錄在《靈異錯別字83》。

18

網紅凱莉「犯忌」，「兩女一男」同住吵不停

我就說，租屋是鬼故事的大宗之一。

不同於以往，這篇故事要告訴你，有時鬼並非本身就住在裡面，而是你觸犯禁忌自己帶回家，要來說這篇故事的人也不是網友，是鬼故事圖文作家「凱莉粟說說」啊！

當天她說了不少鬼故事，但我印象最深刻的是她在高雄住過鬼屋，而這經驗也是造就往後成為YT鬼故事鬼后的起因（說她鬼后不知道她開不開心）。

接下來我會以第一人稱的方式，改編真實故事說給你聽。

「我是凱莉，這是發生我還住高雄租屋的故事。」

我跟當時的男友，搬到了美麗島站附近一間十五坪的套房，長條格局，底端是陽臺跟落地窗、左手邊是浴室、右手邊是廚房，整體看起來乾淨舒服，所以很快就簽約租下，完全沒注意到——**入厝時間是農曆七月鬼門開。**

搬進來沒多久，我就很常跟男友吵架，任何小事都能引爆彼此的火藥庫，甚至沒發生過車禍的我，意外騎到恍神跟被小貨車擦撞。

總之，一住進來就是水逆不斷，就算沒有衰事沒有吵架，每天睡醒都是一身疲憊，有次晚餐時間，男友也主動說他越睡越累，而且一住進來工作不順，我頻頻點頭說自己也是，這是我們住進來難得有的共識。

不過都自我安慰，說可能是剛搬進來不適應，過一陣子再看看，結果一陣子後看到的，是早上刷牙鏡子反射大門會有個人影，但因為我近視很深又沒戴眼鏡，大腦自動歸類只是某某物品疊加像人的影子罷了，直到有天晚上睡覺，我養的貓在客廳發出極為淒厲的叫聲。

那是一種喉嚨被掐住沙啞掙扎的吼叫，從驚嚇憤怒轉到無力斷氣。

我一聽到衝下床，卻看見牠悠悠趴在沙發上睡覺，到了我說這一段故事，我依舊認為那個叫聲不是幻聽，太真實而且從未聽過這樣的叫聲。

日子一天天過，我跟我男友依舊在爭吵、不順、睡不好、怪聲、衰事、人影等等的漩渦中攪和，偶爾會有些新鮮把戲，遇過一次電視自動打開，男友睡到一半被抬腳，當時不知道是太年輕沒經驗？還是當人處在負面磁場之中判斷能力會跟著下降？我們就是沒想過要搬家，也或者兩者皆是。

不單單我跟男友兩人，這負能量可以隨身攜帶，影響到我的朋友，那陣子我跟朋友聊天或吃飯，大家都會忽然沉默，隨後不約而同說：「欸——凱莉，我跟你聊天都會頭痛欸，後腦杓灌水的感覺。」

終於有個朋友拉著我到高雄一間宮廟拜拜，並找了廟公問事。

結果廟公對我說：「小姐，神明說喔，你家有個女的。」我馬上想到那個門口的人影，廟公想了一下繼續說：「它是在你搬家時跟進來的。」

廟公要我馬上搬走，但是我才剛搬進去怎麼可能走，廟公只好開一道符，要我帶回去在他指定的日期、時間拜地基主順便燒掉，請地基主幫忙。

當天我把供品擺在矮桌，燒了香，默念所有該說的，最後把香要插進米杯前一秒，綁馬尾的橡皮筋瞬間斷掉，頭髮如同解了線的窗簾「刷」從臉的兩旁撒下，我心想「哇靠」，隨後渾身發癢無力且不停發抖。

看來廟公跟地基主也擺不平，朋友再帶我去另一間更大的王爺廟拜託王爺，這過程我也用擲筊來詢問。

問題一、家裡的是個女的嗎？聖筊。（是的）
問題二、這女鬼還在嗎？聖筊。（是的）
問題三、請問是從外面帶回了的嗎？笑筊。（不是）
問題四、可以幫忙我嗎？聖筊。（可以）

整個過程一問一答相當順暢，但問題三跟四我很納悶。上一位廟公說從外面帶回來，怎麼王爺說不是？王爺說要幫忙我，是該怎麼幫？

後來別的同事聽到我的狀況，說他認識台南一間有名的三太子廟，他回台南會跟著爸爸一起幫我去廟裡問問。

幾天後他打來說：「三太子說你們家真有個女人，是從外面帶回來的，還有啊——你跟你男友今年運勢很差，三太子會幫忙祭改一下。」

聽完心裡想：「我人在高雄，三太子在台南，可以遠端處理嗎？」但還是把現在的住址給了同事，說也奇怪，在我掛了電話沒多久，家裡瞬間清爽很多，感覺很像除濕機吸乾房間的濕氣，幾個小時訊息傳來——「一切都解決了，有空來台南謝謝三太子吧。」

後來我就平平安安住了一年多才搬走，並且找個放假日就跑去台南謝謝三太子牌除濕機。你以為結束了嗎？我也以為。

三太子結束後幾個月，有晚我剛把機車停好，有個女的忽然衝出來抓住我的手，我嚇了一跳，一看是住對面的鄰居（稱L小姐），L小姐哭著告訴我，她跟隔壁鄰居（稱N小姐）吵架。

N小姐確實是一個很愛找鄰居吵架的人，但這不是重點，重點在於L小姐接下來的話。

「N小姐說我太吵，竟然還敢罵我！還說要跟房東告狀，把我們通通趕走，我都沒說N小姐住的地方『之前死了一個女的』，屍體過了兩個禮拜才被發現。」

我「嗯嗯啊啊」的回應，應該是說我嚇到回不了什麼，我跟男友說完，兩人才解開原先的疑惑。

一、所謂的女鬼，是死在N小姐家中的那位。

二、有神明認爲我從外面帶回來，應該是指鬼月搬家時從N小姐家中帶出來的，因爲N小姐家門口就在我家斜對面。

三、王爺認爲在同一棟大樓，所以才說不是外面帶回來的。

四、最後三太子把女鬼送離開我家，恐怕又回到原本N小姐家中，因爲鬼在我家時N小姐確實就沒再跟鄰居吵架。

當然這些都是腦補，要怎麼解釋也沒個答案，但也是從這件事情過後，我開始對另一個空間感到興趣。

「我是凱莉，這是發生我還住高雄租屋的故事。」

▼後記：

看到這邊，我想有些讀者應該會有個疑問，為何女鬼會從N小姐家中被帶到凱莉家？能夠解釋的層面有很多，就我自己認為鬼月搬家本來就是一個禁忌，因為鬼月好兄弟的自由限制變寬，居家隔離的都能在走廊散步，恰巧遇上了氣運低的凱莉與男友，一不小心就跟（卡）回家了。

另外，以奇門遁甲黃濤也說，錯的時間做任何事情（鬼月搬家），很大機會會吸引到不好的能量（穢氣），恰巧凱莉租屋處的門斜對面就是凶宅，故事就自然發生，所以黃濤一再強調，買房搬家都是大事。

買房用奇門遁甲看風水，也看合不合本身八字；搬家要算日期時間，不要在錯的時間把衰氣、窮氣、穢氣都搬進房子裡，黃濤就遇過明明算好房子本身不錯，也算好入厝時間，但屋主因為工作臨時有事，隔了一天再搬家，那結局完全不一樣。

如果你想看更多鬼故事又會怕，那可愛插畫帶點恐怖風格的「凱莉栗說說」就會很適合你。

故事收錄在《靈異錯別字88》。

PART 3

說鬼使命

CHASING

INVESTIGATION

THETRUTH

19

投稿湧進「說鬼使命」

二〇二一年九月，疫情稍微降溫，疫苗陸續開打，對我來說最大的改變是政府終於取消「籃框髮禁」，籃球場的籃網馬尾通通解開，讓我半夜可以去投球。

希望的曙光照進了台灣，疫情的陰霾稍稍退散，那我的《靈異錯別字》有褪去陰暗的氛圍嗎？沒有！點擊率一直起不來，陽痿的箭頭垂在那要上不上，對每個男人來說都是刺眼，始終找不到一個穩定套路提升流量，但網路世界就是這樣，變來變去像極了女人，但也因為這樣才吸引人。

《靈異錯別字》從一開始重包過去《神秘52區》專題新聞內容，到開始找周遭朋友與主播一起聊鬼故事，的確點擊率有逐漸起色，但跟同組的《老Z調查線》、《詭案橞客室》、《宏色封鎖線》相比，人家隨便幾十萬甚至幾百萬，我的《靈異錯別字》平均也才七、八萬，對此我還跟老Z約吃La Pasta，中午好好聊聊，他跟我說了很多，有一句話植入我心。

「你的靈異題材確實無法跟命案類的『航空母艦』相比，但你是一艘一開出來就馬上吸引目光的『幽靈海盜船』，你的出現沒辦法被取代，是極具特色的。」

這一句話，我光現在打出來，都可以聽見當時老Z的口吻，都可以聞到當時我吃南瓜燉飯的味道，然後那頓午餐老Z請客。

回到公司，我持續找下週題材，翻了《錯別字—賴正鎧》粉絲團信箱，發現一位網友私訊我，其中一段如下：

「……錯別字謝謝說我的故事，謝謝你推薦老師（黃濤）幫我，我有聽老師話搬家，沒有再聽到要我去死的聲音，也沒想自殺。」

感覺我救了一個人？截稿之前我有再敲他，還活著。

我們身體有問題會去醫院，醫生會告訴你哪裡出問題，但民俗上的問題你去廟裡，媽祖觀音關公不會說話；擲筊，那是一門學問；找民俗老師，怕被騙而且費用高低不一。所以很多人遇上了民俗的問題是不知從何找答案的。

起初我也沒這麼遠大的抱負，就是單純文章一篇一篇寫，故事一則一則的說，後面找專業老師幫忙回答問題，衝不上百萬點擊，激不起千則留言，但一封私訊的感謝真的勝過一切。

但我還是希望百萬點擊謝謝，畢竟公司要看數字，還有我這個人不習慣說太正經八百的話，我來分享一些投稿者的趣事吧！

某天網友S私訊我，劈頭就一句：「你是誰？」

我納悶：「我？我是記者也是作家，嗯——還是一位爸爸，哈哈哈！」

網友S不滿意我的答案：「不是！我看了你的影片之後一直有個聲音，在你裡面的那位是誰？我覺得你應該聽得懂我在說什麼。」

說真的我不懂，所以到現在我也會想我是誰？照鏡子有些角度是滿像基諾李維。

另一位網友P跟我說他有預知能力，能感受宇宙群星及眾神的流動，希望我來找他訪問，他說：「我是關聖帝君派來的，你的節目有問題。」

我說：「嗯——我也覺得有問題，為什麼點擊率這麼差，是不是關鍵字下錯？」

網友P說：「關鍵不是關鍵字，關鍵是你被一群鬼給纏上了，你要來我的宮廟清淨清淨，不然你節目做不下去。」

我挺有興趣的問：「喔！那你宮廟在哪，有空我去看看。」

網友P：「高雄左營。」

太遠了，所以到現在我還沒去，然後你不是第一個說我卡到，五年前還有一位說我卡到妖，都長角了。

不論是網友投稿或是網友趣事，對我來說只要有時間都會回，會不會變成故事真的要評估很多面相，可能要看與時事搭不搭、故事本身的結構、主題重複性等等，所以請給我一點時間消化吞嚥你們的故事，**謝謝你們的回饋，讓我是一艘極具特色的「幽靈海盜船」**。

20

最悚投稿！一屋吊兩屍竟是「它」作祟

處理很多投稿，普遍來說都可以邊喝咖啡邊看稿子，唯獨這篇，我要喝兩杯咖啡壓壓驚，其實沒有太多驚悚劇情或是恐怖轉折，但字裡行間飄散的壓迫感，讓我看完很不舒服。

接下來我會以第一人稱的方式，改編真實故事說給你聽。

「我是黃師兄，這是在二〇二〇八月七日早上九點所發生的。」

那天早上，我在家準備開工的物品，電話來了，沒多久禮儀公司的車也來了，還搞不清楚狀況我人就上了車，平穩的一路開到基隆一棟電梯大樓前。

那是一起命案的現場，外頭落著雨，雨不大但天很黑，基隆的天氣時常如此，剛下車家屬的低鳴哭聲運轉現場。

我跟禮儀公司的雄哥打聲招呼，他拉我到一旁用氣音簡單解釋現況，而我的另一隻耳朵卻聽著死者家屬對死者的總總負評「生前惹一堆事，要死又鬧著麼大！走了也好……」兩邊聽下來，大概知道整個輪廓。

隨後家屬領著我們上樓，吐了一口氣推了一下門，門就是動不了，像是有個東西擋著，家屬也納悶，因為裡面除了屍體沒別的了，我勉強微微頂開，從開口的三十度把眼睛塞進縫隙轉，一根梁綁著一條童軍繩，繩子往下延伸掛著裸露上身的男孩，男孩背對門（還好不是面向門）跪著，脖子以上包括整張臉都被繩子纏住，緊緊的像是拳擊手纏住的拳頭。

一瞬間腦袋閃過「十九歲的生命從此隕落了」，但我又重整思緒，我不認識它！怎麼知道它十九歲？

還在自問自答時，死者開口了，也不是真的開口，而是我聽得見死者的聲音，那是一則訊息敲進腦袋：「你為什麼可以進來我家？」

我心裡想著回：「你怎麼了？」

它繼續說：「我活得很累、我不是真的我！」

我聽不是很懂，但還是繼續安撫：「好！先不要害怕，我會陪你處理好後續的事情，讓你媽媽安心。」

說完門就推開了。

死者我姑且叫他阿弟，十九歲比我小。團隊處理的過程，阿弟不停在我旁邊說：「媽媽很煩、我好累、我好醜、好丟臉。」這種沒邏輯的自言自語有點讓我搞不清楚，此時鑑識人員到了，處理檢驗屍體的司法作業，順利解開阿弟的繩子。

接著我們跟家屬報告狀況，程序一樣，差別在於我也要跟亡者報告。

我在心裡說：「阿弟，待會有警察跟鑑識人員來到家裡面，確認你的身體狀況，你不用害羞，也不用害怕，他們都會對你很尊重，所以你只要放鬆，讓他們把你解下來就可以了，我會在你身邊陪伴你。」

阿弟彈回一個訊息：「好」

趁現在有點空檔我問了它：「阿弟，發生什麼事？什麼時候做的？（我指何時輕生）……還有什麼是我不是我？」

阿弟慢慢的回：「前兩天凌晨快天亮時，『它』又來找我，我受不了，媽媽也不理解我，大家都不懂我，我想放棄這個身體。」
這時我有點疑惑：「它是誰？」
阿弟也很疑惑：「我不知道，但它就一直在我家裡面。」
現在有我，有阿弟，還有它，它是誰？先擱著。
整個過程，阿弟靜靜地待在旁邊看，有不懂的就輕輕地問，一開口就是：「哥！哥哥！」我回答完會說：「謝謝，好。」跟一開始聽到其它家屬碎嘴的形象差很多。
我請一位大師兄來執行引魂，自己則是陪著弟弟的遺體，也看著他寫的遺書和畫過的圖，有兩張圖特別讓我有靈動，那是兩張綠色的鬼頭，跟現在很多潮流刺青的圖案有點像，我不懂藝術這塊，但應該是很厲害的畫工了。
大師兄對著現場說，就是對著阿弟說：「你現在已經是中陰身的狀態了，每七天會在這裡輪迴一次你上吊的過程，只要你一心堅定、認真向佛，一定可以脫離苦輪的。」
隨後阿弟問我：「哥哥！大師兄說的是真的嗎？」
我說：「你不要害怕，我會陪伴你度過的。」
阿弟回：「好，謝謝你。」

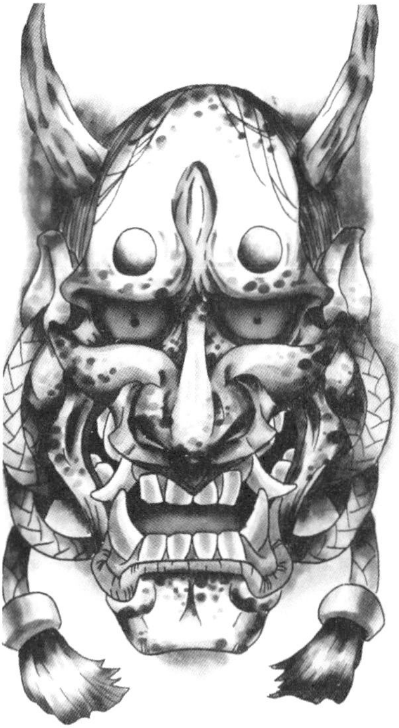

阿弟的畫。

我充當家屬捧著神主牌位，大師兄舉行引魂法節儀式，禮儀公司也妥當的用屍袋包裹遺體，我就捧著牌位跟隨遺體前往殯儀館，安頓好牌位也解散，我跟阿弟的媽媽連繫，她姓陳，我都叫她陳媽。

陳媽身上有三個癌，醫師幾乎判她死刑，而她的老公也在去年差不多這時間，在家裡陽臺上吊輕生，家裡把陽臺刻意重新裝潢成一個房間，結果現在阿弟也掛在同個位置。

陳媽拜託我妥善處理這間房，她覺得這房間一定出問題了，如今剩下唯一的大兒子在外地念書，再過幾年畢業回來住，如果又發生一樣的事……說到這陳媽哭了。

當下我認為問題不在這間房，而是「它」，但我不知道怎麼跟陳媽解釋，所以我沒開口。更何況我也不知道，它到底是誰？

我回去推敲許久，中間參雜著阿弟時不時的一些資訊，大概釐清這是「因果」間的問題。要了解一局的因果，那是千絲萬縷構築出的網絡，一不小心會牽扯出許多不同空間的是非，行動前需要一個老大罩，所以我回去找了觀音，說這場因果我想幫忙，觀音點點頭。

同時我們也處理完阿弟的喪禮、牌位、骨灰，也放在我供奉骨灰神主的善靈堂內，但奇怪的事情發生了，有一晚我感覺到除了阿弟，還有一位無形的客官存在，我想就是

「它」了！

它給我的感覺很不舒服，是很久的靈體，我無法具體說出為何會知道是很久的靈體，就像我一到現場就知道阿弟十九歲一樣，而且只要我一開始調查阿弟的因果，「它」就會出現，有時連阿弟自己也會感覺得到，直到第二十五天上面傳了這段因果的線索，三個關鍵字——「**殺業報障**」、「**母體糾纏**」、「**嬰靈**」。

源頭指向了陳媽那邊，我藉關懷之意打給她，寒暄一番後我問她：「陳媽，要請你回去問你婆婆，是不是曾經有流產或人工引產過？這跟你們家發生一連串的事情有關。」

我也再三強調，房子的問題不大，唯有老實的告訴我這些事情，才「有機會」在有形無形之中協調，現在有個不很友善的靈（它），纏著你們家，而且糾纏很深，不處理，悲劇只會一再發生。

陳媽聽完，說不用問，問題出在她身上。

陳媽年輕時非常愛玩，不懂事，曾經連續墮胎三年，而且三個孩子有兩個爸爸，最後陳媽結婚生了兩個兒子，但是從生完第二胎之後，老公得了憂鬱症，自己得了癌症，小兒子也就是阿弟，在兩歲時被判定人格分裂，有時候很乖，一個人在那邊畫畫一、兩個小時不吵不鬧，但可能下午就忽然得不正常，暴飲暴食還會摔家具大吼，唯獨大兒子比較好，但就是養不胖。

「它就是陳媽過去墮胎的嬰靈。」

它是個男的，寄生在阿弟身上，因為沒有牌位、沒有供奉、沒有吃喝，只能趁阿弟元神弱時顯現暴食，所有的不滿也只能在那時發洩。

我說好，既然妳老實跟我講我會幫妳，接下來我說的步驟請妳按部就班的照做。

我跟阿弟說你有個哥哥，是媽媽年輕時拿掉的，它充滿怨念才導致這些問題，我已經在處理請你放心，至於之後，你有要去哪嗎？

阿弟說，它想要護媽媽直到永遠。

我跟阿弟說好！你好棒！你好好做你該做

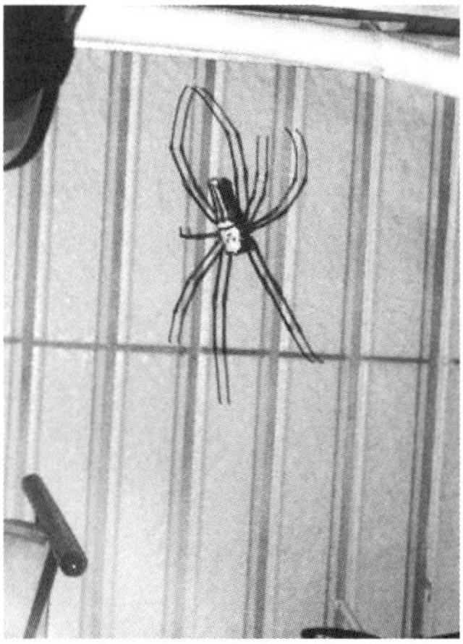

它變成我家門口的大蜘蛛伺機而動。

的，我會幫你請命，請菩薩為你做主，同時我也開始處理它。

它一開始很兇，但兇不過我，所以就幻化成我一位過世的恩師，假裝可憐拜託我幫幫它，一樣沒用，最後它變成一隻大蜘蛛，我家從未出現這種蜘蛛，就在我家門口結網，一動也不動的巴在那伺機而動。

說真的，這樣正面交鋒真的很耗彼此的時間，我只好到陳媽家引魂，把它引出來，這也是觀音菩薩慈悲教我的方法，最終在陳媽的真心道歉拜託下，它才心軟不再惡鬥，畢竟是自己的媽媽，而陳媽也在現場痛哭到跪下來不停的道歉：「對不起，對不起，我真的對不起……請你原諒我，你是我的孩子，我會補償你……」

我請它回到善靈堂，吃好、喝好的供著，也請菩薩出來主持。最後它開出條件，要求四十九部「慈悲三昧水懺」、一〇八部「觀世音菩薩普門品」、施放一堂「大甘露施食」。陳媽幫它取了一個名，也為它舉行法會，各歸本位，我想這或許是遲來的「陰超陽泰」。

事後陳媽的肝癌（六十三顆星星瘤）、直腸癌、子宮頸癌已經復原差不多了，主治醫師也非常的驚訝，而陳媽現在幫助失親兒童做課業輔導志工，目前一切平安順心。

▼後記：

在我審閱數百則的投稿中，這篇是我看完最沉重的一篇，嬰靈糾纏的故事在過去我也做過很多，那時感受不大，腦袋有的印象都是港片《新殭屍先生》裡面嬰靈的橋段，但是我現在有了孩子，這一類的題材寫起來更能感同身受，其中又以陳媽對過去拿掉的孩子哭訴道歉，我光看這一段耳邊都聽得見當時懊悔的悲痛聲。

所以年輕人，還沒生孩子的兄弟們，如果你還有夢想要去追、還沒真的想當爸爸，拜託你戴套，你別以為嬰靈只纏媽媽，民俗專家郭定陸老師說過，也是有媽媽堅持要生、爸爸堅持要拿，嬰靈最後找爸爸算帳的。

但嬰靈的爭議其實不小，我讀過一些文獻，提到嬰靈的存在性與宗教商業之間的關係，在謝宜安的《特搜！台灣都市傳說》有說，台灣從一九七〇年代開始，出現「嬰靈供養」的儀式，一九八〇年代一夕間流行起來。

《聯合報》也曾有一篇採訪華嚴蓮舍成一法師的說法，他未曾在佛經裡見過「嬰靈」二字，自然也就沒有嬰靈作祟之說。

所以到底有沒有嬰靈的存在，兩派依舊在探討中，但怪的是遭到嬰靈糾纏的故事相當多，不論有或沒有，生命都該被慎重看待，而非愉悅之後隨意擰死。最後這則故事體龐大，專有名詞多，如果有我整理不正確的，請私下告知，給點面子別直接說出來。

故事收錄在《靈異錯別字34》。

21

冰冷二樓套房，衣櫃「藏」房東謊言

看到這邊不難發現，「租屋」一直是鬼故事量產的批發商，如果把「租屋撞鬼」收集成一本，那厚度可能跟《龍紋身的女孩》差不多。

這一篇也是租屋，但特別在於整個過程沒有半隻鬼，但最後結果卻讓人發寒。

接下來我會以第一人稱的方式，改編真實故事說給你聽。

「我是何先生，這是發生在我十幾年前竹科上班的時候。」

自從來到這間公司，我下班時的天空都是黑的，甚至有整整一個月是晚上十一點後踏出公司，下一步踏進的又是公司宿舍，感覺一天二十四小時都被公司綁著，而且宿舍規矩一堆，住起來就不像回到家裡放鬆。

「所以我一直想搬出去住。」

某個禮拜五，難得早下班（其實也九點多了），我去附近騎樓一間麵店吃晚餐，吸一口麵咬著咬著眼前的柱子貼了一塊，老舊的廣告塑膠板，上面寫著：「出租套房，09xx-xxx-xxx 房東 L 太太。」

不論是坪數、租金、包水包電這些通通符合我的條件，重點離公司近，我就用一個吃麵的時間，決定要去看這間房。

「很巧麵店老闆娘就是房東。」

出租的套房在二樓，三、四樓是別的房東隔間出租，不過都滿了，只有二樓那一層一個人都沒有，進去後房東太太話很多，從上樓梯就一直跟我講：「前一個房客啊……在這住了七年，是因為買了房才搬走的啦，這房子絕對沒有問題，畢竟上一位住了七年啊！有問題早搬走了對不對！哈哈哈——」

一進房間，房東把電燈全部打開（包含廁所），剛換上的亮白燈泡直視都覺得刺眼，但灑在屋內似乎被一層薄紗隔開，整體暗一個色階。

再來是房間很安靜，我打開窗戶頭伸出窗外，底下是一整排店家（包括那間麵店），車流人潮理當會有喧囂，但一樣被一層薄膜隔開，聲音、燈光都透不進來，整間房像沉在泳池底，悶悶且充滿壓迫。

我先說，我屬於敏感體質，小的時候全家住過鬼屋（下一篇會說），所以一到現場有一點覺得不正常，但最不正常的是「我竟然答應要租」，房東太太開心得不得了，馬上下樓去麵店拿合約。

「現在回想真的是鬼遮腦。」

搬進來後的自由感，讓我忽略一切，就算加班，回到家也有真的下班的感覺，但三天後房間就出現問題。

首先，屋內常常有一層「黃色的灰塵」，有點像薄薄的黃土，覆蓋在櫃子、電腦桌、床頭櫃，每次擦乾淨但第二天回家，又會發現被灑上薄薄的一層。

當時附近沒有施工，門窗都是緊閉，天花板也沒掉黃土黃沙的痕跡，不懂哪落下來的，最後索性只擦常用的地方，其它區域給它堆。

再過一個禮拜狀況更糟，來到十一月，雖然是冬天但也沒寒流，可是一開家門就冷到要趕快開暖爐，有時「嘴巴還會吐出長長的白煙」，到了晚上更慘，睡覺要穿長袖長褲再蓋一件羽絨外套在棉被上，有時還是會冷醒，而且從房間開始變冷之後——**每天凌晨四點**

我就會自動起床。

說也奇怪，起床後精神超好，一睜開眼睛就不會想睡回去，幾次之下我只好一醒來就下床處理公事，電腦打到八點再去公司上班，但一過中午精神瞬間崩盤，不停打瞌睡，灌咖啡、吃B群、喝蜆精都像喝水，我有跟我媽拿安眠藥，希望晚上睡沉一點，但一樣四點就會起床。

住沒一陣子馬上掉七公斤，事後聽同事說那段期間的我，臉色慘白到沒人敢跟我說話，而且眼神跟說話方式，像是變成另一個人。

我開始覺得再住下去會沒命，就跟房東太太說不租了，押金也不要了，還想說房東太太會挽留又或問東問西，所以編了一個工作異動調單位的說法，結果她完全不問，似乎一點也不意外我只住一個月，電話那頭冷冷的說搬走給她個 LINE 就好。

「結果最恐怖的是我搬走的那一天。」

當時我把衣櫃上的被套拿下來，突然「刷」一下，衣櫃上方有張紙條，慢慢飄起又緩緩落下，我看不到是什麼紙條，拿了張椅子站上去看，瞬間一股電流竄到全身。

「衣櫃上面擺滿了各式符咒。」

「符咒背面還用鉛筆註明床頭門口廁所。」
「還有一包燒過的艾草。」
看到這，原本分三趟我一趟全部搬走。現在偶爾路過抬頭看看二樓，那種寒氣還是會不自覺發抖。
雖然沒住了，但身體只好一點點，是睡過夜也沒這麼冷，但就一直沒精神，直到某次放假回新竹跟朋友吃飯，他聽完我的遭遇介紹我去找一位收驚的老師，那位老師很特別，「白天賣藥」、「晚上收驚」。
而且那老師很有個性，只要不是卡到或煞到，他就會直接叫你離開。
我按地址過去，外面早早排了一堆人，進去前紗窗貼了公告，告訴你收驚完要注意的事項，我買了吃的在外面等，確實聽到老師說：「你沒卡到，回家休息！」
終於輪到我，老師一看到我，就說：「進來，你卡很久了，卡一個月左右了喔——」
這時間差不多就是我進去住的時間。
隨即在我臉上用手指畫無形的符咒，最後在我額頭輕輕吹一口氣（那時還沒有新冠肺炎），這一口氣下我整個人解開了，之前都沒發現原來我背部這麼緊繃，呼吸這麼不順，整個人舒爽的像躺在飯店 King Size 床上伸展開來，從那天之後，身體也慢慢好起來。

至於那邊發生什麼事情？我想房東也不可能跟我說，當下我有問老師，他聽到卻沒回我，只叫我多休息就好。

「我是何先生，這是發生在我十幾年前竹科上班的時候。」

▼後記：

我跟何先生要了地址，用 google map 去看了一下，不知道是聽完故事心理作用？還是真如何先生的遭遇？那房子光看外觀，就有種說不上來的不友善，在直白一點就像是發生過社會案件的地方，但那裡人潮眾多，馬路兩旁都是店家，也在大馬路上，不是處在陰暗巷弄內，還會有這種感覺才讓人奇怪。

那奇門遁甲師黃濤則是認為，當你要去租屋，一進到房子裡面覺得不舒服，那就要相信那種感覺，如果有起雞皮疙瘩更該注意；第二是以奇門遁甲來看，一個房子的格局如果很怪，那在風水或是民俗上都容易產生問題。

房子最好是正方形，次優是長方形。

再來，如果一進房子有看到符咒，先不用太過害怕，三龍法師有說過，符咒分很多種，上面寫「招財」、「貴人」、「富」的關鍵字，那不過就是張招財符，但如果符上寫「破穢」、「除煞」、「鎮鬼」那不用我多說，翻翻國語字典自然有答案。

要是真不放心，就拍照去問問三龍法師問問黃濤，他們會告訴你。

故事收錄在《靈異錯別字62》。

22

與鬼同住「禁聲」，揭「松山信義」土地詭謎

打噴嚏、長疹子、鼻塞這些過敏體質，醫生往往很難找出病因，常撞鬼的靈異體質也是。上一篇的何先生說自己小時候，一家人住台北松山、信義區某間鬼公寓，發生一連串的事件。

可怕的是，全家人通通被禁聲不敢說。

接下來我會以第一人稱的方式，改編真實故事說給你聽。

「我是何先生，這是發生在我國小三、四年級期間的故事。」

但整個過程拼湊完整，卻是到了我上大學某一年除夕夜。

我父親是位職業軍人，從小他就規定「不可以怪力亂神」，而且規定就是規定，一定要做到。

那一年夏天，我們全家還是住在台北，有天父親帶著

我們跟著房仲叔叔去看房子，我們走到一條巷弄，兩旁全是四樓高的老舊公寓，上到四樓開了門，我跟哥哥和妹妹三人，搶著衝進去滿是新鮮。

房子約莫三十坪，三房兩廳一廁，很常見的格局。

我們三人看了看客廳，再看看廚房，後來從最裡面左邊的房間逛起，逛完換第二間覺得稀奇，怎麼格局擺設一模一樣，驚嘆之後跑到第三間也是，後來再跑出來時發現。

「原來從頭到尾都在這間臥室沒走出來。」

「我們鬼打牆了。」

永遠走不到客廳，永遠在同一間房進進出出，我們都不敢說出口，低著頭越走越急，直到妹妹害怕到哭了，哥哥才大喊說：「不要走了！我們在這裡等媽媽來。」

就這樣等了一下下，果真聽到媽媽在客廳大叫找我們，我們馬上大叫回應，就這樣放聲一叫，打破這詭異的空間，順利從房間逃到客廳，一看也不到十步的距離。

「但我們三人都不敢說剛剛的遭遇。」

「因為父親就在旁邊。」

偏偏，父親很喜歡這間房，決定搬進來。

剛住進來的時候，父親先發現客廳的燈太暗了，更換了燈管，但客廳還是壟罩在一層陰霾之下，那種感覺就是你開著燈，很亮，但目光移到客廳的四周，還是有很多黑暗的角落盤踞在那。

對我來說，我很不喜歡這間房，感覺整個家都呈現在一種壓力之下，那種壓迫感只要我一個人在家，寧願站陽臺一整天也不願進屋子看電視。

再來覺得怪的是我們妹妹，一開始我們三人是一起睡在當初「鬼打牆」的房間，但妹妹睡到一半就落荒而逃跑去跟媽媽睡，留我跟哥哥睡那間，直到妹妹長大（就是除夕夜吃飯那晚）她才解釋，因為每到晚上九點，她就會變得很冷（但我跟哥沒這種感覺），如果她沒在九點前睡著，就冷到睡不著了。

「就算睡著了，也是一直做惡夢。」

結果在妹妹投靠媽媽沒多久，我跟我哥也不約而同找了理由，不睡在「鬼打牆」房間，但就在我們離開之後，我就發現半夜客廳廚房會有怪聲。

就算父親不在，但一張床也不可能塞四個人，所以我是睡在靠門的地上，頭會剛好對著廚房跟客廳，特別容易聽到或看到廚房跟客廳的任何動靜，每到晚上十二點，廚房會傳來木製碗櫃的門，被開開關關的聲音，好像有人在翻櫃子找東西但又找不到。

起初，我以為是父親晚上在廚房找吃的，但第二天醒來才想到「父親在營裡」，我也很篤定不是其他人半夜到廚房找吃的（因為我們全部睡在一起），所以有一晚我就卯起來不睡，想看清楚到底是誰，偏偏你越想看就越不給你看，撐到我快睡著時，才看到客廳——

「有一隻手臂橫擺在沙發的扶手上。」

「那是一隻男人的手。」

「但絕對不是父親的手。」

而這件事情我也沒說出來，因為馬上又有別的事情發生。

「鬼打牆」房間沒人睡之後漸漸變成倉庫，沒事我們三兄妹也不會進去，而那間空房間的門是斜對著浴室門，也就是說在浴室洗澡，不關門可以看到「鬼打牆」房間裡面的一切。

我洗澡門都是半開，就一直覺得有人在看我洗澡，某次我洗到一半忽然轉身，扎扎實實看到「鬼打牆」房間裡有個側身的黑影，倚靠在床邊看我，我以為是哥哥，喊了一聲之後黑影轉身往房間更裡面走進去，消失了。

這時哥哥才從客廳跑來問我幹嘛？我拜託他站在門口陪我洗澡，洗完澡又問哥哥剛剛有在空房嗎？他搖頭之外馬上接一句：「原來你跟妹妹也看到，空房有人在看我們洗澡喔！」從此，我們就開始揪伴洗澡。

再來就是我媽了，因為父親長時間不在家，都是媽媽照顧我們，可是自從搬進來後，媽媽身體一直不太好，時不時扭到腰，嚴重一點倒在床上好幾天，醫生也都只是開消炎止痛藥，找不出真正原因。

有一晚，我們三兄妹都在學校打球，那時候媽媽一人在客廳趕著手工，但她一直覺得背後有人盯著她，這想法還沒散去時客廳的日光燈，由白光慢慢變暗，再慢慢轉成綠光。她自己都嚇一跳，怎麼會出現老港鬼片才看得到的綠光，最後她鼓起勇氣轉身，就昏倒了。

不知道昏了多久，直到她聽到我們回家的聲音才醒來，也是到除夕夜的飯桌上，我們才知道媽媽不是睡著，我們追問媽媽看到了什麼？她說還沒看到就暈了。

即便怪事一件件的疊加，但我們始終沒人敢跟父親說，終於輪到父親了。

那晚半夜他起床，帶著睡意往廁所走，突然間撞到一個人，我父親是位人高馬大的北方人，還是個軍人，很少有人可以撞開他，但這一次他硬生生被對方撞開，父親說當下的感覺以為撞到牆，當回過神才發現自己撞到一位——

「頭戴灰色鴨舌帽。」

「身穿灰色格子西裝的男人。」

「但是沒有下半身。」

我父親馬上醒來知道撞鬼了，但假裝沒看到繼續去上廁所，之後默默轉身回房間睡覺。

終於，有一天我們要搬到台中，也搬離那間房子，到了新家媽媽的身體就不藥而癒，現在假日還可以去爬山。

有一年，妹妹特地回去拜訪一樓的鄰居，因為他們是最早一批的住戶。鄰居說原本這一片地是「亂葬崗」，我們住的那棟公寓大門有三座墳墓，後來蓋房子通通剷平。

據說這片社區後面，蓋了一間〇〇宮的大廟就是用來鎮煞的，但為什麼整棟大樓，就只有我們四樓特別多事？這就不了了之。

即便知道這些事情，我們三兄妹跟媽媽平常也不會在家裡聊（不論是舊家還是新家），一直到我上大學某一年除夕夜，父親自己在飯桌上喝了酒脫口說出，那晚他尿尿撞鬼的事情，大家才炸了鍋，各自把壓了多年的鬼經驗搬到飯桌上，最終拼湊出一家人心中多年的恐怖故事。

「我是何先生，這是發生在我國小三、四年級期間的故事。」

▼後記：

針對何先生的部分，我第一個想法是——

何先生的父親屬「無神論者」，住在這片過去是亂葬崗的土地上，無形房客自然很多，所以我認為是「地基主」不開心，事後再問何先生，一、二、三樓似乎都有在拜地基主，試想人家一、二、三樓的都有飯吃、有酒喝，我住四樓都沒有，就算地基主不捉弄，成天不開心在家裡生悶氣，氣氛自然也不好。

也難怪半夜跑去廚房找吃的。

第二是，有拜地基住也算有個門神，不容易讓別的好兄弟跑來你家做客，即便我有這些看法，但還是問了民俗專家——楊登嵙老師。

楊老師認同我說的這兩點外，他還提出如果居家的室內設計有拱門造型，呼應之前的墓園，恐有墓碑形體招陰的疑慮，另外房間臥室開門的方位，也是影響風水聚陰的關鍵，但這些都要進到屋子看看才會知道，所以一切都是推測。

最後，或許何家人本身有「靈異體質」，而一、二、三樓都是「麻瓜體質」，自然人家沒感覺，何家人好有感覺，當然啦，寧可信其有，每塊土地都有先人待過，不論買房租房，住進去前先跟它們打聲招呼總是好事。

禮多人不怪，禮多鬼也不作怪。

故事收錄在《靈異錯別字00》。

23

遭鬼耳吹氣，孕婦電梯「酥麻」不舒服

這篇投稿是一位辣媽用哄睡小孩吃消夜的時間，來跟我說一則鬼故事。

坦白說，這位媽媽看起來不像媽媽，看大頭照還以為是剛畢業的女大生，也因為這樣才會吸引到色鬼在她耳邊吹氣嗎？

接下來我會以第一人稱的方式，改編真實故事說給你聽。

「我是吳小姐，這是發生在我懷孕的時候。」

約莫三年前的十一月，我跟老公還住在台中烏日一棟老舊大樓。

大樓外觀的玻璃磁磚像是結痂的黑疤，每天搭搖搖晃晃的電梯一路拉到九樓，延綿盡頭的是堆滿鞋架與雜物的走廊。

那天中午高掛的太陽溫暖不扎皮膚，窗外吹進來的風也挺舒服的，懷孕九個月，每天把自己當植物種在家裡，今天實在忍不住想出去走走，也順便買個便當給老公。

拎著塑膠袋，我兩眼盯著電梯樓層的數字格，從五樓落下到四樓後，忽然紅色箭頭向上跳回五樓，就這樣在那小小的框裡跳上跳下，腦海閃過大樓裡幾個欠揍的屁孩在亂按電梯的畫面，我們那棟大樓產出超多屁孩，爸媽也不管。

好不容易到了一樓，電梯打開正要開罵，眼前卻是空空的電梯廂，我走進電梯按了九樓，結果電梯的箭頭又開始上上下下的亂跳，這下我火了，握緊拳頭暗暗發誓電梯門一開，那些屁孩就死定了！

到了四樓停住，門慢慢打開，我伸頭出去準備開罵，結果外面也是一個人影都沒，「屁孩跑得還真快。」嘖完一聲我縮頭回電梯廂按關門，但就在門關起來的那一刻——**「我清清楚楚聽到耳邊傳來一陣長長的嘆息聲，還有一口冷風吹到耳垂。」**

更該死的是電梯完全沒動，整個時間有在流動的只有一陣又一陣的耳後嘆息，幾次下來聽得出是個中年男子，我舉起食指瘋狂快速按著九樓，但電梯不動就是不動，發抖的雙手緊緊抱著肚子，小聲的說：

「拜託！我快生了……放過我好嗎？」這話剛說完，電梯甘願的往上拉。上升的速度感覺好慢好慢，但也沒聽到嘆息聲了，一到九樓電梯門開到一半，我就挺著肚子擠出去快步回家，一開門就把剛值完夜班的老公挖起來，哭著說完所發生的事情。

老公認為是電梯的問題，氣到跑下樓問管理員，是不是電梯故障又沒有貼告示，但管理員想了一下說：「哪有……電梯前一天保養完欸，怎麼可能故障！」

老公不死心，又問四樓還是別的樓層，是不是又有屁孩亂按電梯才導致故障？管理員站起來拿遙控器，把時間往回調，我們三人就站在管理室裡面，抬頭看著兩臺九宮格的監視畫面，左上角的視窗是我站在一樓等電梯，往右四格的視窗，是照著四樓電梯口的畫面——

「畫面裡沒有任何人。」

「也沒有亂按電梯的屁孩。」

「就連我走進電梯裡面，電梯廂裡也只有我一個人。」

我越看越毛，最後也只能以快生小孩太緊張，一點風吹草動就搞錯帶過。

但其實，我從小就有一點靈異體質，很容易感應到另一個世界的一舉一動，所以我一定分辨得出來，哪些是靈異事件哪些不是，正因如此，我媽在我小四的時候，就給我一串木製小葫蘆手鍊，每年更新一條戴著，而電梯事件過後，我就發現葫蘆手鍊裂開一個小縫。

媽媽要我馬上到附近土地公拜拜，把裂開的葫蘆手鍊跟著金紙化掉，隨後又請一條給我，我跟老公也同時打聽，卻沒聽到這棟大樓或電梯發生過什麼事。

一路平靜到女兒出生。

第一個月，我們在婆家坐月子，第二個月，回到台中的家住，那時我老公還是值夜班，都要到第二天早上才會回家，有晚女兒哄睡後，輪到媽媽們的快樂自由時間，我躺臥在客廳沙發看電影吃宵夜，此時聽到家門被打開的聲音。

我們家大門有兩層，外面那層是鐵門，轉動鑰匙聲音很大，即便內層是隔音門，一樣會鑽進一點點聲音，當下我以為老公回來，對外叫了一聲，鑰匙轉動聲音瞬間停住，整個客廳除了電視的螢光在閃，一點動靜都沒有，我慢慢拉開一點內層的門，從縫隙往外看……

結果外面一個人都沒有，我伸手轉動一下鐵門的鎖，依舊鎖得好好的沒被打開。

類似的狀況發生好幾次，甚至它還變聰明，不開門就模仿我老公的聲音叫我，一開始我有打開，但一樣開了一個人都沒有，之後就都當背景音樂，不過這件事情我也跟老公反映，他就在門外牆上貼了兩張廟裡求來的門神，此後就沒再發生過。

一直到女兒一歲八個月，那一晚我跟女兒在家，當我在準備女兒睡前東西時，看到她一動也不動盯著黑漆漆的廚房，我走過去叫她來房間睡覺，她卻沒反應，隨著越叫越多次，我的音量也越來越大聲，女兒最後才輕輕的說：「有阿姨在廚房裡面。」

我一聽到馬上把女兒拖回房間，第二天一早去廟裡拜拜再幫女兒戴上護身符，但事情沒有好轉，有一晚女兒又佇立在廚房前，這下我的毛豎起來，還來不及拖女兒回房，女兒搶先開口：「阿姨在廚房拜拜。」

其實不是沒想過搬家，但是碰上生小孩、找房子、老公的工作一堆問題，只能一拖再拖，再來是雖然遇到不少怪事，但卻沒有一次是實質的對我們家人有攻擊性，直到租約到期也找到新家，我們才速速離開。

搬到新家兩年，上述的所有事再也沒發生過。

「我是吳小姐，這是發生在我懷孕的時候。」

▼後記：

關於這故事不少網友覺得，是不是家裡的「地基主」問題。

事後詢問，吳小姐住台中烏日時確實沒拜地基主，但在住進來前五、六年，吳小姐老公一家人都住在這裡，沒拜也很平安，直到她住進來才開始出現這些問題（問題在誰身上好像呼之欲出……）。

但我個人認為，撇除吳小姐老公把小三藏廚房的可能，在廚房裡的阿姨很有可能就是地基主，第二次小妹妹看到阿姨在拜拜，也許是提醒要拜地基主的緣故。

至於為何常常聽到「鬼會在耳邊吹氣」，奇門遁甲師黃濤認為，那只是因為鬼在你身邊，我們身體的感官除了感到冷或打寒顫之外，再來就是聽到聲音或被氣流影響，才會有耳朵被吹氣的感覺，當然如果你有陰陽眼，第一感官就是見鬼。

所以並非鬼都是癡漢，看到人就要挨在耳邊吹氣。

至於有一說「孕婦很容易撞鬼」，這也不用多深的民俗解析，黃濤說用邏輯來想就懂，孕婦長時間睡不好又加上所有養分都給了小孩，「元神自然弱」就會比較容易撞到鬼，如果真會擔心就戴個護身符在身上，也是多一個保障。

故事收錄在《靈異錯別字68》。

24

筆仙亂招鬼回家，「裸身自拍」鬼 Say Hi

筆仙、錢仙這種很多小朋友愛玩的降靈找鬼遊戲，往往就是我要寫鬼故事的開端，所以我也愛，不過我是愛看他們玩，自己不玩。

之所以挑到這一篇故事，除了劇情精彩之外，這位投稿者還有一張靈異照片，放大一看還真有點恐怖。

接下來我會以第一人稱的方式，改編真實故事說給你聽。

「大家好我是札克，這是發生在二〇一四年的事情。」

那時我國中，就是最屁孩的年紀。

有個假日的下午，我約了三個死黨在新北市淡水一間餐廳吃飯（餐廳倒閉了），吃完之後留在餐廳裡聊天，因為那間餐廳位在巷弄裡，即便是白天也沒這麼明亮，加上店內沒太多組客人，有些區域的燈是關起來的，放眼望去更顯得陰沉沉。

吃完之後我們四個人也沒事幹，忽然有人提議來玩當時非常有名的「查理查理，你在哪裡？」（Charlie Charlie, are you there?）的網路招魂遊戲。

我這邊簡單跟大家說，這個遊戲有點像國外的筆仙、錢仙，據傳是墨西哥那邊的招靈儀式，可以召喚「惡魔查理」來問它事情。

遊戲方式很簡單，拿一張白紙（我們當時用餐廳的菜單背面），寫著 YES or NO 的四宮格，然後把筆放十字壓著，上面那一支筆略為騰空。

接下來就是進行召靈儀式，我們四個人要選一個衰鬼負責召喚，剪刀石頭布之後，最衰的那位我姑且叫他小衰。

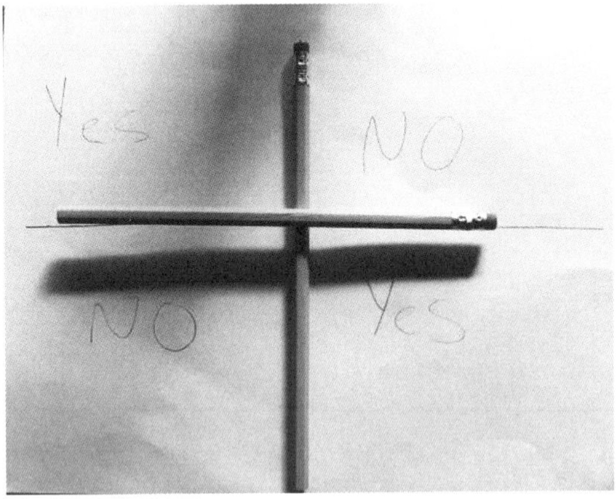

召喚「惡魔查理」。

小衰不停的罵幹，但還是乖乖喊了口號：「Charlie Charlie, are you there？」正常來講，這支筆會自己點到 YES，但當時那支筆卻莫名轉到了 NO。我們四個人沒人吐氣，餐廳裡的冷氣也沒強到會吹到筆，光是筆自己會轉動就已經把我們四個嚇到互看彼此。

不過此時我們心裡想的是：「怎麼會轉到 NO 呢？」

我們做了很多的嘗試，把筆換成便利商店的筷子、重新畫了一張 YES or NO 的紙、叫小衰不要說英文改中文，總之整個過程很不順利，除了第一次自動轉到 NO 之後，接下來的筆就沒動靜了，沒了興致我們就簡單把筷子跟筆折一折，也把紙給燒掉做退靈儀式，然後大家各自回家。

在回去的路上，大家也在 LINE 群組跟小衰說一堆幹話：「如果被查理抓走，記得跟我們說一聲啊！」當時差不多晚上五點快六點，小衰住在淡水，所以他是搭公車紅 36 回去。

基本上這個時間點搭紅 36，能擠上車就很不錯了，但小衰竟然坐上一台除了司機完全沒有乘客的「空空紅 36」，不是不可能只是機率太低，但因為小衰是負責召喚查理的人，所以心裡總會有很多小劇場，時不時看看四周也看看司機，當我們在群組知道後更是卯起來噴幹話：

「搭到鬼公車了啦！要被載到墨西哥了啦！」

「看看司機是不是查理？哈哈哈——」

「說不定你旁邊有坐人，只是你看不到。」

最後很可惜的，小衰沒去墨西哥，而是順利回到家。

但第二件怪事馬上來，一開門之後小衰家裡是暗的，正常來說這時間媽媽應該在家裡做飯了，但是沒有，而且是家裡一個人都沒有，打電話給爸爸媽媽，也通通都是語音信箱，小衰心裡安慰自己——

「剛好家人不在家。」

「剛好去了收訊不好的地方。」

「剛好通通都忘了跟我說。」

「剛好紅36沒人坐。」

「但這一切都太剛好了吧！」

自我安慰到小衰自己開始害怕起來，不停的起雞皮疙瘩，恐懼感比起在公車上更加強烈，小衰不敢一個人在客廳，躲進了廁所並在群組裡跟我們求救，而我們也從原本的幹話，跟著開始緊張起來。

因為小衰已經怕到發抖，沒辦法好好打字，所以他是用錄音的方式跟我們溝通，他錄了四個音檔傳來，前兩個錄得斷斷續續，開頭說幾個字就沒了，後兩個是空的。

好像有什麼東西在阻止他與外界聯絡。

這時有人提議，你拍幾張照片傳過來試試看，那小衰也連拍了十幾張照片，結果有一個朋友，馬上發現一張照片有問題。

那是一張小衰赤裸上半身自拍的照片，背景是窗戶，放大一看，很明顯看到窗外有幾個人影趴在上面看小衰。

「看得清楚有五官。」

「也看得清楚那不像是人臉。」

全部的人都嚇到不敢多說，小衰更是涼了。

你別認為是小衰改圖來嚇我們，從我們要他拍照到傳過來的時間相當短，而且當時的APP也不像現在這麼厲害。

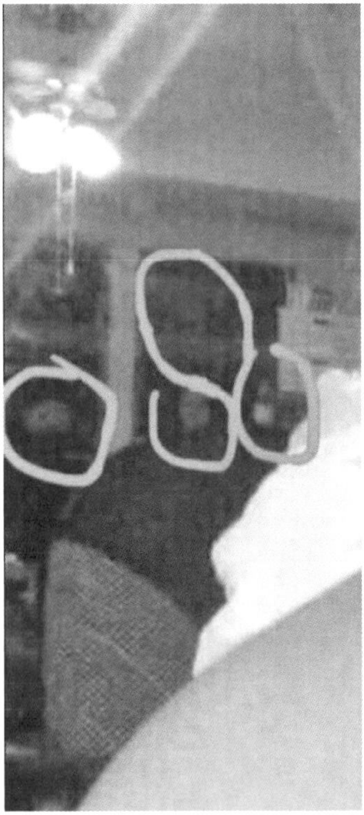

窗外有幾個人影趴在上面看小衰。

這時的小衰整個人趴在沙發上不敢動，因為這張照片太爆了，我們也發現他的眼睛開始泛紅出現血絲，朋友能做的就是不停在群組跟他聊天，聊到凌晨兩點多，爸媽才回到家。

至於他爸媽去哪我也忘了，只記得小衰馬上把所發生的事情告訴父母，但他的父母是基督徒不相信這些，看了照片也覺得是惡作劇，不過幾天後還是帶小衰去教會處理。

後來我們感情也變得不好，四個人不知道為何吵了一架，升上高中就沒再聯絡，但這件事情我一直記得，即便每個事件都有解釋的空間，但就是太凹了。

「大家好我是札克，這是發生在二〇一四年的事情。」

▼後記：

後來我們找了奇門遁甲師黃濤來解釋解釋。

不是我愛他，也不是他認識查理，純粹是札克喜歡黃濤老師，所以我們請了黃濤。

首先，歐美的惡魔會召喚到台灣來嗎？有這麼閒嗎？就以民俗觀點，黃濤說是可以的。

黃濤舉了他爸，民俗專家郭定陸老師的一個例子。

過去郭老師有飛到美國幫一位台灣人，驅趕他家裡的邪靈，但郭老師也沒有帶著三清祖師神像一起搭飛機到洛杉磯，而是一種能量的傳遞，想像郭老師是一個訊號站，從台灣打訊號由郭老師轉到美國洛杉磯的住家釋放。

那鬼怪惡魔也是同理的，但並非查理就是「一隻惡魔」，它可能是一個統稱的名字，本質有很多隻；就像變態並非是一個人，變態是一個名詞，本質有黃濤、有錯別字。

但我認為，如果查理真的是一隻惡魔，還是墨西哥黑幫聚集的惡魔，不可能像叫狗一樣喊個「查理查理」就跑來，你叫狗有時還要準備骨頭，召喚五鬼招財科儀，也要準備供品銀紙還要看時間，再者「請神容易送神難」，不可能筷子折一折，紙燒一燒，惡魔就乖乖離開。

所以當初小衰召喚的查理，可能只是那間餐廳附近的浮游靈，路過看到四個屁孩在那邊查理查理的，就把頭湊過來看看，如果浮游靈吃飽沒事，要跟自然就是跟當初負責召喚的小衰回家。

但黃濤說也有一種可能，是小衰是裡面元神最弱的，所以來的鬼會挑元神弱的下手，從猜拳會輸就可以知道，他當天運氣真的不好。

說到這，黃濤再次強調即便找來的不是真的查理惡魔，但是找鬼來本來就有風險，就算是專業的老師，一個時辰錯、一個咒語不對、一個姿勢不對，請過來的是什麼也不知道。

至於公車紅36、LINE語音失靈、家人消失這些奇怪的事情，黃濤認為就是巧合，一個隨便叫就來的浮游靈，是不可能有這麼大能量改變時間空間的。

那麼大家最關心的靈異照片，答案就很開放了，畢竟黃濤沒有到小衰家去感應了解，所以有可能小衰真的帶了一些靈體回去，又或是一連串的招靈活動讓元神衰弱，獨自一人更容易吸引好兄弟來，加上那時小衰又嚇到快尿褲子，當人非常害怕時鬼更容易來。

當然你要說，隔壁小王被抓姦跳到陽臺躲恰巧被小衰拍到也是可能。

最後最後，我還是雞婆再說一次，不要玩招靈遊戲，不管錢仙、碟仙什麼仙，只要是找鬼來的都不要玩，弟弟妹妹，如果你們真的真的很想見鬼，趕快長大趕快出社會，不用找鬼，公司裡面一大堆會主動來找你。

故事收錄在《靈異錯別字47》。

25

貓村「紅屋凶宅」，前任卡到「性大變」

二〇一八年的聖誕夜，侯硐發生一起離奇的雙屍命案。

兩具倒臥神像前的蜷屍是對情侶，死因像是服藥又像他殺，警方調查得知，男的李姓死者生前有在院子進行一連串的「驅魔儀式」，家中也供奉「貓王公」的神明，但也因為這些行徑嚇到不少遊客，周姓里長特地去勸他，希望低調一點。

之後村民就沒再看到李姓男子。

七天過後，鎮上飄散濃濃惡臭，里長跟村民循著味道走到李姓男子屋外，窗戶一角的抽風機上黏著一片黑色蠕動的蒼蠅，隱隱的發出嗡嗡聲，此時大家心裡也有個譜了，最後警方在現場拉起了封鎖線。

不單上述這些狀況令人害怕，辦案的過程與記者的採訪，都傳出不少靈異事件，我簡單說明了一下侯硐雙屍命案的背景，是因為二〇二一年四月我又前往採訪，想為這起命案畫個句點，卻沒想到影片播出後，一位網友的私訊將這故事繼續延續下去……

接下來我會以第一人稱的方式，改編真實故事說給你聽。

「我是何小姐，我前男友叫阿達，當我看到錯別字報導侯硐貓村邪案後，才知道發生在我身上的事件，都與那間貓村紅屋有關。」

二〇二〇年九月，當時我跟阿達還在交往，有天他提議說去侯硐玩，對於貓奴的我來說，能去貓村拍貓當然好。

當天阿達拍他的風景我拍我的貓，一路上沒有目的性的拍拍停停，加上平日人潮也不多，步調格外輕鬆。後來我們走上一個斜坡，看到一間屋子，我對那間屋子印象深刻，因為外頭都漆成鮮紅色。

屋子已經空了一陣子，窗戶一角有扇抽風機，透進去看裡面堆著一些雜物，我撇了一眼離開，但阿達卻站在那邊不動，從這一秒開始，他整個人都變得不對勁。

因為有窗花，他的頭也伸不進去，但他雙手抓著窗花把整張臉貼在上面，兩眼死巴著往屋裡鑽，他的眼球像是貓盯到老鼠快速轉動，但我看了一眼，屋子裡明明什麼東西都沒有，他這樣的舉動讓我感到害怕。

感覺這間紅屋，要把阿達整個靈魂吸進去。

我叫了他一聲，他沒反應，我握緊拳頭快步走去想拉開他，但就在此時，我身體變得輕飄飄，雙腳不聽使喚帶我往另一個方向走，慢慢的離紅屋越來越遠，一直到有一段距離之後，身體的自主權才回來，感覺當下有股力量要我別靠近紅屋，我站在遠處對著阿達大喊一聲：「阿達，你在幹嘛啦！」

他身體一震，恍過神把臉拔出來，納悶的邊走邊說不知道為何，對那間屋子很著迷，也因為這件事情讓我不想待在貓村，結果換到下個景點時路邊遇到一隻貓，阿達竟然蹲下來跟那隻貓玩，還不停的說：「如果這隻貓在猴硐的話一定很幸福，如果那個誰誰誰（我們的共通朋友），來領養這隻貓也不錯。」說完，他去附近的便利商店買了貓罐頭，要了竹筷餵貓吃。

這些行為看在別人眼裡，就是一位愛貓暖男，但看在我眼裡，卻詭異難耐，因為我前男友阿達「他根本不喜歡貓」，他對貓一點興趣都沒有，更不像是會說這些話的人。

就在那次約會結束，我們就沒再見面了。

我們沒有吵架，也沒有做錯什麼事情，就是當晚一回家之後，我躺在床上就冒出「跟阿達分手」的念頭，自己也嚇一跳怎麼好好的會這樣亂想？

站在阿達的立場來看，如果你女友沒由來的跟你避不見面，整整一個月你怎麼約她怎麼拒絕，你一定會生氣吧！但怪就怪在我前男友阿達，當時完全沒生氣。

二〇二〇年整個十月，我們都沒見面。

二〇二〇年的十一月，就跟他提分手。

他也沒有問原因就答應，乾脆到令我意外，不過分手之後我們還是有聯絡，像朋友一樣偶爾 LINE 聊天，一直到了第二年的四月，因為一些私人因素我們約見面，那時我跟他已經變得像朋友，當然沒那這麼排斥見面。

在約見面的前一天，我做了一個夢。

夢到我前男友阿達，他手上多了一串之前沒看過的佛珠。見了面講沒幾句，整個人忽然暴走，然後我們就大吵一架。

我氣到轉身騎摩托車離開，騎沒多久阿達就開車從後面撞我，我整個人不穩差點跌倒，回頭罵他幾句但心裡很害怕，我不知道他還會做出什麼瘋狂的舉動，我騎車加速逃跑，他在後面踩油門撞更大力，這一次我整個被撞飛，摔在地上痛到根本爬不起來。

阿達看到馬上下車，竟然壓在我身上一陣暴打，打到我已經失去意識了，他又大哭起來把我抱在懷裡，我知道他的脾氣不好，但不知道會不好成這樣，在夢中我視線模糊，但有看見他手上的佛珠斷了線，一顆顆佛珠撒滿地在滾，然後我就醒了。

我還打算見面時跟阿達聊聊這個怪夢，但一見面，看到他手上出現夢中的那串佛珠時，我開始心跳加速。

隨後夢境真實上演一遍。

等我從醫院離開，接下來就進到官司，我告他，雖然他日以繼夜跟我道歉，也說不知道為何會這樣失控，甚至事後還去行天宮拜拜，求了一首籤詩刻意問我什麼意思（我又不是廟婆問我幹嘛），但我依舊繼續提告。

又有一天，我夢到一名女子，在夢中她不停的哭不停的跟我道歉，但我不知道她為什麼哭為什麼道歉？更不知道她是誰。

這一連串的遭遇，一直到有一天我看到《靈異錯別字》聊到侯硐貓村邪案時，介紹到那間紅屋，我才知道，原來當初前男友阿達著迷的紅色屋子，就是發生詭異雙屍命案的那一間。

「我是何小姐，我前男友叫阿達，當我看到錯別字報導侯硐貓村邪案後，才知道發生在我身上的事件，都與那間貓村紅屋有關。」

▼後記：

這故事跟「基隆廢棄眷村高大女子」之謎一樣，都是網友看了《靈異錯別字》的節目驚覺自身也有故事，給了我一片他們的故事拼圖。

在出書之前我有再次詢問何小姐，她說依舊有在夢到那名女子，甚至衣服的顏色跟穿著（鞋子）都在改變，她懷疑這一切跟貓村紅屋有關，但目前都沒有個答案，如果有後續我會再說一集靈異錯別字吧！

至於故事中有提到一首籤詩，內容是這麼寫的——

「病患時時命蹇衰，何須打瓦共鑽龜。
直教重見一陽後，使可求神仗佛持。」

而我也找了一位「解籤專家」林穎佑，如果你有關心烏俄戰爭，那穎佑哥你一定看過，他就是常常出現在各家電視台，談論國際戰略情勢的專家，沒錯！人家同時也是一位解籤專家，好一個斜槓中年啊！

那穎佑哥聽完我的故事後，再看看這首籤，他說前兩句「病患時時命蹇衰，何須打瓦共鑽龜」，套用到這起案件，神明的意思是說：「來求籤的信徒啊，你自己知道你的問題、你的病況，你開車撞人又動手打女人，你前女友是告定你了，現在不會有好的結果啦，何須來問我？」

再來看到「直教重見一陽後，始可求神仗佛持」。

穎佑哥特別說，「求神拜佛」指的是找救兵，可能是律師、可能是幫忙談和的共通朋友或者再來問神明求籤，所以這兩句神明想說：「現階段你前女友告你，是沒有辦法解決的，她告定了，你要為你衝動的行為付出代價，至於『直教重見一陽後』，不是重陽過後，是『冬至過後』。」

穎佑哥說冬至小過年，所以有很多「祭改」、「點燈」，去改運，當陽氣出來的時候，就表示可能這個官司，會有一些新的發展。所以等冬至過後，再去找救兵幫忙，或者冬至過後才會再開庭。

當然拜拜求籤，是很多人找神問事的第一步，但求籤的眉角真的太多（甚至有看過一本專門在說求籤的書），穎佑哥就簡單教大家幾個步驟和注意事項——

第一、到廟裡先打招呼，上個香自我介紹，不是一進去就拿擲筊開始丟。

第二、打完招呼、說完問題，先擲筊問神明懂不懂，聖筊再求籤。

第三、拿了籤記在腦裡，不要把籤拿走，不然下一個人怎麼辦？

第四、問題清楚具體，不要問個大概，自己都不懂問題在哪神明怎麼幫你？

第五、抽到籤詩看完解籤本，自己解釋給神明聽一次，擲筊看看有沒有誤會。

我自己有給穎佑哥解過幾次籤，事後回看還滿準的，而且穎佑哥解籤不是單看字面意思，還會查「籤頭故事」，用故事來對照我所問的事，每次只要他解完籤會想睡覺，就表示解得很透徹。

禮貌上我都會請他吃個飯喝個咖啡，不要白嫖人家。

有時懷疑，穎佑哥分析俄烏戰爭的國際情勢這麼準，是不是上節目前先去求籤問關公、媽祖，說不定關公、媽祖也關心俄烏戰爭，還從耶穌那聽到一些小道消息呢。

故事收錄在《靈異錯別字61》。

26

八字誰的？扯出母孕遭鬼「撞早產」？

那陣子一到深夜，娛樂線記者都在害怕，像小時候怕虎姑婆晚上吃掉我們的小指頭，而這虎姑婆就是李靚蕾。

半夜十二點蕾神之槌一敲，轟天一響打醒準備入睡的娛樂線記者起床發稿，這種男人偷吃的八股劇，竟變成全民連載高點擊率，那時除了李靚蕾的故事讓我驚艷，這篇網友投稿的故事也讓我驚豔。

因為不到最後，不會知道結果。

接下來我會以第一人稱的方式，改編真實故事說給你聽。

「我叫小齊，從小我就有靈異體質，從我還沒出生就有。」

只要我去比較陰的地方，例如葬禮、殯儀館、醫院……別人沒事我一定有事，輕則頭暈，重則差點沒命，接下來我就整理從小到大所遇到很難解釋的事件，一件一件說給你們聽。

◎事件一 紙紮車

我高中在加油站上晚班，上下班的路上會經過一片竹林。

有次下班回家，我騎車進到竹林不久，後面有車用大燈照我，我靠右讓他先過，但他卻一直跟在我的後面，繼續照且越照越近。

「像是在逼車。」

晚上十一、二點的竹林，遇到逼車是害怕多過於不爽，催了油門往前衝，那台車也踩了油門跟上來，最後車子直接開到我旁邊平行，當我轉頭一看——**居然是一台紙紮車。**

皺皺的藍色彩色紙，還清楚看得到骨架痕跡，正正方方老舊款的設計，懸空似的開在我左邊，在微光的反射之下我看到**「駕駛座上根本沒人」**，就是一台空的、會自動駕駛的紙紮特斯拉。

我嚇到右手一扭飆出竹林，紙紮特斯拉也追了上來，衝出竹林後我馬上右轉進到一條巷子，也把機車熄火，心裡一直默念：

「南無啊彌陀佛——」×100

就這樣我看到那台紙紮車開過巷子，要鬆一口氣時，車子又開了回來……感覺好像一直在找我。

◎事件二 斷我家電的女鬼

當時我住在祖先蓋好的老家，非常非常老舊。

有一晚我在客廳看電視，看到一半忽然跳電，我靠在木椅想說，是要去看看總開關？還是等一下電就來了？而外頭街燈透進屋內，暈開的橘黃視線，也讓我眼睛更快適應夜間模式，客廳的家具輪廓也慢慢浮現。

「同時也浮現出一隻女鬼。」

它從窗戶穿進客廳，在我面前直直飄過去，再穿到旁邊牆壁進到我房間，女鬼一消失電力馬上回來，電燈、電視再次開啟。

「整個過程不到一兩秒。」

我非常確信自己看到了女鬼，因為到現在我還記得它的長相，甚至記得它發現我看到它時，還給了我一個不失尷尬的微笑。

從那之後，我的眼睛不用停電，也能一直看到好兄弟。

這次的斷電我要特別強調，台灣不缺電，斷電不是人為、也不是松鼠，是女鬼。

◎事件三　扯我後腿的鬼手

大學畢業後，我到台中梧棲某家工廠當作業員，一樣是大夜班（因為錢多）。

工作期間，我時常看到機台上有鬼趴著、躺著或是支離破碎的殘骸，從機台上緩緩被運到下一個作業區，反正它們流出的屍水也不影響食品衛生，所以我也沒太在意。

但漸漸的，身體開始出一些問題，一下胃潰瘍、一下胃食道逆流，我的工作算是單純，中餐、晚餐正常吃飯，也不用應酬喝酒熬夜，但就是找不到身體變糟糕的原因，好在工廠也讓我休息一陣子養身體。

幾個禮拜再回工作崗位，剛好有位朋友想來我們工廠應徵，我就帶他去二樓主管辦公室談談，就在我走下樓時，我的腳踝忽然被用力的往後一拉，那是一個懸空的鋁梯，不可能會有人站在梯子底下，也不可能是我自己絆倒，因為我很明顯感覺到——**是一隻手抓著**

我的腳踝，害我整個人跌下樓摔破頭。

只好再次回到家裡休養，這次我有打電話跟我爸說這件事，他以前是濟公的乩身（後來因為一些私人原因沒有繼續，但依舊有在廟裡服務），他聽完要我等等，給他一點時間調查，沒想到晚上就打電話過來。

但他一開口就罵：「不是說不要去水邊玩！你是不是最近有去玩水？」

我超傻眼的回：「我沒有啊，前陣子我在養身體，胃痛啊！連洗澡都沒泡澡，怎麼可能去玩水。」

我爸安靜了一下又說：「那你工作的地方……有河嗎？」

我想了一下：「我們工廠旁邊有一條很大條的排水溝，算嗎？」

我爸說，濟公有去查，那條水溝有東西要抓我當交替，要我找時間趕快回家處理，第二天我就坐車回家，也真的在回家處理過後，回工廠上班沒再胃痛也沒再發生意外。

但運輸帶上還是常看到，好兄弟躺在上面在我眼前被運走。

◎事件四 騙我上頂樓

這是最嚴重的一次。

那時我們搬離老家，住到一棟三層樓的透天厝，結果我的身體從那時又開始變得不好，索性辭職在家休養。

新家有三層樓，一樓是客廳，二樓爸爸媽媽住的，我一個人睡三樓。

搬進來一陣子過後，每天晚上差不多十二點，就會聽到有人用我媽叫我的方式，很客氣在樓梯間叫我：「阿弟啊！阿弟啊！」

一開始我真的以為是我媽，但回了又沒聲音，打開門一看也沒人，但只要晚上十二點一到，那個聲音就會再次出現，甚至有一次我擔心真的是爸媽找我有事，跑到二樓一看，發現他們都睡死。

「從此我更加不去理會那些聲音。」

後來我跟女友分手，當晚又聽到有人在耳邊叫我，但這一次不同，它跟我說：

「到頂樓看看風景吹吹風。」

「心情會好一點喔——」

我還在訝異還會更改台詞，卻沒注意我正在往樓頂走，等反應過來時已經站在頂樓陽臺，心想算了，吹吹風或許會好一點。

但才剛這樣想，我非常確定被人從後面推一下，那種感覺跟在工廠被拉腳是一樣的，兩個手掌往我背一推的力量，眼前事物瞬間快速亂閃，來不及反應——**我就從四樓的頂樓，摔到二樓的遮雨棚**。

事後我媽說，送醫沒多久就發出命危通知，還好爸爸去求神幫忙，醫生也拼命救，我現在才有辦法在這邊說故事。

當我醒過來，我把當晚的過程、過去一直聽到有人假冒的聲音，通通告訴他們，躺了幾個禮拜一出院，沒回家，直接被帶去找熟悉的濟公法師，好好的全身檢查一遍。

法師一看就說，狀況比想像的嚴重，他無能為力，除非有「神明願意替我做保」，否則事情無法解決。（現在想想，那濟公幹嘛不幫我做保）

他也耐心跟我說了一個簡單的故事。

「你知道陰差抓鬼嗎？就像警察衝賭場，所有的鬼都會亂逃亂竄，剛好有一隻鬼看到那時候你懷孕的媽媽，所以就撞到媽媽的肚子裡。」他頓了一下說出我這輩子永遠不會忘記的話——**「你是在不該出生的時候出生的。」**

法師隨後問了我媽，當時懷孕有沒有特別奇怪的地方？

媽媽說，她當時明明離預產期有一個月的時間，但某天晚上忽然感覺肚子好像撞到什麼，第二天就想生了，而且生我跟生哥哥不同，「感覺我這孩子趕著想出來」，媽媽生哥哥們的時候，都是在醫院擠很久，但我差點生在車上。

法師聽完對媽媽說，當時肚子裡的是被逃竄的東西撞到才會這樣，重點來了，我媽有給法師我的生辰八字，法師算了算，很嚴肅的說：**「這八字很確定不是我的。」**

之後法師轉頭對我說：「以你這種情況，老實說能活到現在，已經是很罕見了。」

從那次之後，爸爸媽媽常常帶我去廟裡走走，我自己也知道去廟裡比較好，但不知道為何就非常排斥，甚至有些廟一進去就頭暈。

媽媽偶爾也會帶我去收驚，但很奇怪，大家收驚都很正常輪到我就不一樣，收驚的師姐會馬上要求「生人迴避」，然後用一〇八柱香來幫我。

當時還有一位師姐說，我有一魂一魄還在墜樓的遮陽棚上，為此我們還特地請法師到家處理。

之後的家族旅行，一定會有當地大廟的行程，從屏東到台中都是，去了至少十多間，可怕的是幾乎每位乩童、法師、廟公都會說類似的話。

「媽媽是被東西撞，我才會出生。」

「這八字不是我的。」

「收驚一樣生人迴避。」

「一樣一〇八柱香。」

我也曾問過老師：「那我真正的八字是什麼？」老師普遍都不願回答，我又問：「那到底我是把原本要出生的人撞出去的那位？還是我是被撞的人？」

至今，也沒有任何老師能回答我。

「我叫小齊，從小我就有靈異體質，從我還沒出生就有。」

▼後記：

這故事是不是跟王力宏事件一樣，沒到最後不知道答案，站在一個作家跟記者看故事的角度，這是一篇很精彩的劇情，當然抽離故事結構，也很同情小齊的命運。

我把這故事跟問題丟給三龍法師，他說無法依照我的口述就做判斷，畢竟八字這些還是要算過會比較準確，而小齊事後也有去找三龍問問，至於後續是個人隱私，三龍連我都沒說，但知道目前都還在持續處理。

不過針對小齊的靈異體質，三龍倒是有一套見解。

這本書看到這會發現，很多投稿者天生就有靈異體質。

所謂的「靈異體質」就是「過敏體質」，有人對花粉過敏，有人對鬼過敏，基本上護身符、佛牌、五雷令等等，只能說是「特效藥」，流鼻水就吃鼻水藥、皮膚起疹子就擦軟膏、會腹瀉就吃止瀉藥。

可以改變狀況但無法改變體質，真要改變體質，就好比吃中藥調身體，那是漫長的過程。

多去正能量的地方走走，好比大廟、大自然；多看看正能量的事物，好比看《靈異錯別字》或我寫的書；正常飲食充足睡眠這些，是不是像極醫生常說的話，當然也可以隨身配戴剛剛說的特效藥，兩者同時進行效果自然比較好。

但還是要說，身體有任何的問題第一個要找的是醫師，不論是生理心理皆是如此，如果醫師無法給出答案，再考慮求助於法師，千萬不要搞錯順序。

故事收錄在《靈異錯別字54》。

27

馬來西亞知名餐廳，「鬼吃廚餘」好開心

在沒有這篇馬來西亞網友的投稿前，我以為很多魍魎妖孽只在台灣出現，真是孤陋寡聞啊我，後來聽完之後才發現，原來紅衣小女孩在馬來西亞也有遠親。

接下來我會以第一人稱的方式，改編真實故事說給你聽。

「我是李小姐，故事發生在我上班的餐廳。」

我在馬來西亞某著名的海鮮餐廳上班，餐廳規模很大，光員工就破百人，在當地算有歷史且知名度高的老字號，在疫情之前沒有所謂的淡季，週週月月都是旺季。

星期四的早上，我們的副領班 May 穿上新買的黑色工作鞋，我看了幾眼還真不錯，很適合她的氣質。

星期五的早上，我十一點的班，十點多先到餐廳準備。一進門就看見 May 站在另外一位副領班旁邊，跟其他員工一起整理餐桌，它拿著酒紅色的餐巾擦拭碟子，並把

擦好的碟子一個個排好。

但我有點納悶，因為今天它不是九點的早班啊！

我走過去想問 May，它似乎察覺到，慢慢放下碟子，踩著新鞋轉身，離開前還甩了一下手上的餐巾到椅背上，這一連串的動作給我唯一的感覺就是——**它不是 May**。

我來這間餐廳兩年多，來之前 May 就在這，所以我對她有一定的了解，她是一個準時到班，準時下班的主管，不是上班時間不可能來幫忙，她的口頭禪就是在走廊角落撒嬌的抱怨：「好累啊！還有三個小時才下班——」更何況現在是早班，她最討厭早起。

第二，通常 May 走路習慣用拖的，就是鞋跟會敲著地面，但我「眼前的 May」走路很挺，每一腳踩的扎實，甚至聽不到它走路的聲音。

最後，如果 May 真的臨時被調早班，早班的工作都是安排檢查，不需要面對客人，所以 May 都是素顏且頭髮蓬鬆，等到真的開始營業她才會跑去員工休息室化妝，但眼前的它卻是裝束整齊。

所以我越來越想知道，眼前這跟 May 長得一模一樣的人——它是誰？

我一路尾隨，它也知道我在跟著，從宴會廳到廚房到後走廊，往人少的地方走，當然這絕對不是May平常會來的地方，就在它要推開後門時——

「**它轉頭看向我笑一下。**」

「**但身體沒轉只有頭一百八十度轉過來。**」

「**頭擺了一下、唇語說了一句過來啊！**」

說完，脖子轉回去，推開門往安全梯的方向走，我趕緊逃回宴會廳，我先看到Kelly，她是當天跟我一起上班的同事。

我問她：「May今天有上早班嗎？」

Kelly回我說：「怎麼可能？她沒來啊！」

我把剛剛所發生的事情通通跟Kelly說，她停下手邊工作抓著餐巾說：「妳可別嚇我啊，當時只有我跟另一個副領班在這裡啊！」

我也嚇到：「真的！我沒必要一大早開這玩笑，我是真的看到May，還不是看一眼而已，是盯著看很久，還跟著它走了一段路啊！」

一直到十一點，我看到May從宿舍那頭走來，她打卡後我試探性問問今早有來幫忙嗎？她笑說怎麼可能犧牲睡眠時間呢！我就沒再多問了。

之後上班我也沒有發現May有怎樣的異狀，甚至同時注意四周有沒有出現假的May，對了！May腳上穿的鞋子並不是新鞋，而是她穿很久的工作鞋。

之後有好一段時間，就沒看到假May了。

最後一次看到是在某晚十二點，那時我下班前去廁所洗手照鏡子，忽然假的May從我後面走過去（真的May早下班回宿舍了），而這位穿著正式且頭髮整齊豎起的May完全不是本人，但詭異的是這個假的May也不是第一次遇到的那個，簡單來說我遇到最後一次的假May——又是另一個「東西」假扮的。

有天我忍不住跑去跟May說有「東西」在假扮她，至於這東西是什麼，我也不知道，而May嗤之以鼻不信，不過之後看她工作和生活也沒啥大礙，就沒繼續追究。

直到有天夜班結束。

那晚，有間公司包下我們餐廳某個廳辦尾牙，飯局尾聲現場的人幾乎喝個爛醉，差不多在熱湯之後的餐點、甜點、水果是完完整整的送出去，又完完整整送回來。

餐廳打烊後，大家拿著塑膠袋、紙盒，打包自己想吃的東西，而我先去把靠近廚房的幾個大門反鎖，反鎖完後其它同事差不多走到大廳沙發，等我一起回宿舍。

我關完所有門經過廚房，已經關燈的廚房看不見裡面的擺設，卻傳來碗盤撞擊的聲音，我打開門也開了燈，看見兩位男同事正在吃餐點

我笑著說：「幹嘛不開燈啊！而且有這麼餓喔？」

說完這一句，一股電流竄過我的腦門，它們不是在吃打包的東西，而是在吃「廚餘桶內的食物」，再仔細一看，眼前的兩位同事，它們的眼神和動作，完全不是他們本來的樣子。

我們互相看了一下之後，其中一位有了動作——

「它對我笑一下。」

「頭擺了一下唇語說了一句『過來啊！』」

「它就是第一個假冒 May 的。」

「但現在它又假扮成另一個男同事了。」

我不管它們還在用餐，關了燈關了門，大步走去大廳，再改成小跑步跑去大廳，一到大廳果然那兩位男同事就坐在沙發那邊聊天，我什麼話都沒說，就趕緊離開。

這是我最後一次遇到這些東西，假扮成我同事。

後來我去打聽，這間餐廳以前有座湖，但湖的四周常常出現鬼魂遊蕩，不少遊客有嚇

到不敢過來，所以老闆最後把鬧鬼的事跟這座湖一起填了，雖然遊客看不到，但對我來說我知道它們還在，只是不知道為什麼要假冒成我們的樣子出現。

「我是李小姐，故事發生在我上班的餐廳。」

後記：

關於這篇故事，我花了很久整理它它它，真 May 假 May 真真假假 May，如果我是李小姐，我根本分不出誰是誰，再者我又有臉盲症。我詢問了三龍法師，他馬上 LINE 我說「這應該是精怪！不是鬼。」

唉唷，答案出乎意料。

三龍說，有一定修行的精怪鬼靈，是有幻化人型的能力，這些在古書之中都有紀載，最有名的代表人物就是「**紅衣小女孩**」，也就是「**魔神仔**」。

這些精怪可以變成你心中人物的樣貌，好比家人、同事、朋友或是你曾經見過的人，只要你心中有臉譜，就難不倒精怪。

那這些精怪的戲法普遍沒有太多惡意，你看看魔神仔的案例，也是把登山客跟老人騙去山上，吃蟲、吃土、吃葉子，而馬來西亞這家餐廳的魔神仔，實質上也沒做出傷害人的事情，甚至還幫忙打理餐桌，然後吃的也是廚餘桶的剩菜，已經算是相當優秀了。

如果說「遇到鬼」跟「遇到精怪」，我比較想遇到後者。第一時間我應該會馬上用力把明日花、水卜櫻、楓可憐的臉跟身材想過一遍吧！

而在我拍攝完這集也回覆了李小姐的疑惑之後，她才想到在他們餐廳旁，很久以前是一座湖，但不少遊客住戶都說湖面上有鬼，所以老闆最後把湖給填了，或許這些所謂的鬼就是精怪，沒了家也只能跑到餐廳裡串串門子吧！

故事收錄在《靈異錯別字65》。

28

屁孩用腳「踢香爐」，虎爺放火燒你家？

這兩年代表台灣的字就是「缺」。

缺口罩、缺疫苗、缺雞蛋、缺電，到我寫這一篇稿子時，正在缺的是快篩試劑，而對我來說「我缺故事」。

其實投稿很多，可以說的鬼故事也很多，但要找到一篇飽和且有特色，又或有探討性跟搭時事的，還真的缺。

那天下午，我照常去翻粉絲團的信箱，像是已經看過很多遍的冰箱，習慣的打開再看看，竟然看到一封遺漏的稿件，一點開啪啦一大坨密密麻麻的字，至少第一眼知道這故事體充足，再細看有幾篇可以探討民俗觀點。

所以我馬上敲了對方：「Hi，呷鼻屎，我看過你的投稿，有些問題想問你。」

約莫一個多小時呷鼻屎回我：「錯別字你好，我叫Jarvis，呷鼻屎是外號，你叫我 Jarvis 好了。」

呷鼻屎呢，也是個靈異體質，從小撞鬼到大，故事一大堆，但我擷兩篇覺得很有探討的故事來分享。

接下來我會以第一人稱的方式，改編真實故事說給你聽。

「大家好！我叫 Jarvis，不要跟錯別字一樣一直叫我呷鼻屎。」

我先跟大家自我介紹一下，我現在二十九歲，從小生活在桃園，大學在新竹念書，當兵完到對岸經商一直到現在，我的八字也不輕，足足四兩三，但不知為何——我很常撞鬼。

爸媽也知道，所以要我少看一點鬼片鬼故事，偏偏我對這方面又特別狂熱，無奈之下，他們只好把護身符時時幫我準備好，還給了我一串佛珠，這佛珠已經戴了十幾年，只要遇到任何怪事握住它念佛號，就可以「大事化小、小事化無」。

◎第一則故事 泰國曼谷飯店廁所

我大四上學期的十月，因為父母和兩個姐姐都在中國大陸工作，十一期間黃金周七天連假，我和家人們約好去泰國玩五天。

他們從上海出發，我從台灣出發，在泰國機場會合。

Jarvis 戴了 10 年的佛珠。

泰國感覺就是「鬼比人多」的國家，一部分是被泰國鬼片給洗腦緣故。

所以去之前我做足功課，盡可能避開網路傳聞會撞鬼的飯店跟景點，一直到最後一晚，爸爸泰國的生意夥伴幫我們訂好飯店，而事情就在那間飯店發生。

當晚爸媽一間，我和兩個姐姐一間，我大概介紹一下房間格局，一進門對面是廁所，左邊一道電視牆，再往左邊是一張雙人床，雙人床肯定是我兩個姐姐睡，而我的單人床是加床，但加的位置也很不講究。

「單人床放在浴室廁所的門口。」

「然後我的腳還對著房門。」

但想想這是最後一晚，又是人家招待，算了啦！

當晚在半夢半醒間，我聽到廁所傳來拉扯門把的聲音，被吵醒時腦子還昏沉沉，順著聲音看過去，浴室門下有一塊半透明的壓克力板，隱約有個人影在那邊晃。

我直覺可能是姐姐被反鎖在裡面，就伸手幫她開門，但一碰到門把一道閃電閃過後腦杓。

廁所門不都是裡面才可以上鎖的嗎？而且我姐姐幹嘛不叫我起床，要在裡面鎖這麼久？現在想想是兩個疑問，那應該是兩道閃電才對。

於是我把視線看向了姐姐們的雙人床。

「結果兩個姊姊都睡在床上。」

「那是誰被反鎖在廁所裡面。」

當下我的反應是小偷，所以馬上坐起來把廁所燈打開，裡面的人影晃動的更為激烈且清楚，而且看看壓克力板發現不只一個人，但奇怪的是，如果是小偷在裡面跑來跑去，怎麼會這麼安靜都沒腳步聲？

醒來越久，判斷力越清楚，我大致知道廁所裡的應該不是人。

我不敢打開，也不想去吵醒姐姐們，抓著佛珠一直默念佛號，一直念到我又慢慢睡著，到了早上八點，聽到兩個姐姐在化妝的聲音才醒來，一醒來還懷疑自己是不是在做夢？問了她們半夜有沒有起床上廁所，得到否定的答案後，我就也沒說什麼。

◎第二則故事　虎爺放火燒我家

這故事在我小學一、二年級的時候。

我從小就很喜歡拜拜，我喜歡的原因並不是熱衷宗教信仰，而是單純喜歡許願及能夠燒紙錢（小時候愛玩火）。

有一次和爸媽一起到家裡附近的五府千歲廟走走，這是我第一次來到這間廟，按照流程十幾支香一爐一支慢慢插，每插一座香爐，我就很順手的把香爐口邊緣的香灰拍掉，覺得把香爐弄乾淨許願比較容易成功！我也不知道怎麼會有這種想法，直到最後一個神壇是在地上的，我就問了媽媽：「這是誰？為什麼放在地上？」

媽媽說這是虎爺，當下我並沒有多問，只覺得很可憐，為什麼其他神像香爐都在桌上，就虎爺的在桌下，感覺被排擠了。

拜完虎爺後，因為香爐離我很遠，是爸爸幫忙插香的，但我看到虎爺的香爐邊邊積了厚厚的香灰，不撥乾淨讓我難受，於是天才的我想了一個方法——我蹲在桌邊把腳伸進桌下，用我的腳把香爐口邊緣滑了一圈。

就這樣，在旁人眼裡我在用腳踢虎爺香爐，這舉動被廟公看到，馬上衝過來大聲罵我，當然爸媽先不停道歉，隨後轉頭加入罵我的行列。

直到我離開，廟公還丟下一句：「小心被虎爺懲罰！」但心中的委屈有誰知道，我只是在幫虎爺清香爐。

拜完、也燒完紙錢，原本計畫去買個菜，但媽媽忽然說算了直接回家，才到家門口一股濃濃的焦味已經飄散出來，門一開濃煙竄出，整個家煙霧瀰漫充滿仙氣，媽媽叫了一聲衝去廚房，原來出門前她在燉湯，結果出門忘了關火。

差一點點，我就要沒有家了。

事後爸媽一致認為，一定是剛剛在廟裡不禮貌被懲罰了，但我心裡想：「幹！要我背鍋！明明就是你沒關火乾我屁事！」當然，這是我現在的心裡話，當時小一還沒這麼嗆。

隔天上學，爸媽還特地帶我經過那間廟門，三個人站在廟門口誠摯道歉，也從這一次之後，我去廟裡拜拜都會特別敬畏虎爺，尊敬但也畏懼。

「大家好！我叫 Jarvis，不要跟錯別字一樣一直叫我呷鼻屎。」

後記：

Jarvis 說完故事還指名，黃濤老師來解析。

他說很喜歡看我跟黃濤探討民俗，我懷疑他根本沒仔細看，因為把我們對話裡的髒話、黃腔、沒營養的內容逼掉，其實我們根本沒在講話。但網友的要求，我還是會盡力滿足，這一次找了奇門遁甲師黃濤來解析這兩篇。

第一篇故事黃濤認為，床本身的位置就不用多說，廁所集穢氣一身，你頭頂著穢氣，腳對著大門睡，就算不提風水不提鬼，睡起來也真的不舒服。

第二點是，黃濤覺得既然 Jarvis 這麼多撞鬼經驗，雖然八字不輕但元身偏弱，建議找個老師算一下是否如此，如果是的話，就要用其它方式補足，戴佛珠是一種，三龍法師也說過，多晒太陽、多拜廟、多運動、多吃蔬菜水果，早點睡，都是好方法。

第二篇的虎爺報仇，黃濤先別說我來說，我個人覺得這不是虎爺的報仇，潮牌道士曹育齊之前說過：「神不會有這麼多規矩，神也不會跟你計較，人家都是神了，所以只有鬼才會有一堆禁忌。」

來看看虎爺這故事，雖說用腳碰香爐大不敬，但 Jarvis 本身不是調皮而是出自好意，旁人不懂神明怎麼可能跟著不懂，所以不會因為才小一的男孩心存善念但用錯方法，就跑去燒你家。

另一種可能黃濤認為，他說如果用腳擦香爐灰燼的過程，不小心踢到因此挪動到香爐的位置，用奇門遁甲來看，時間點剛剛好是壞的，那就有可能害到廟方也傷到信徒，所以廟公才會這麼生氣。

關於體質問題，Jarvis 有說到會注意；關於虎爺的想法，Jarvis 聽完也釋懷很多，不會看到虎爺又害怕了，說不定，虎爺是故意讓媽媽不去買菜直接回家，要不買完菜家也不用回了，燉個湯家也被燒掉了。

故事收錄在《靈異錯別字94》。

我喜歡鬼話連篇，但我不胡說八道

不論你是從頭翻到尾，還是直接翻到這一頁，我都要謝謝你，如我上一本《鬼獨家：找鬼記者的靈異事件簿》所說，不論你喜不喜歡，你都買了這本書而且看到最後。

但如果你還沒買，別猶豫了，趕快拿去櫃檯把我帶回家吧。

來說點正經的，說到鬼故事啊！難免給人一種「胡亂鬼扯」的印象，但我愛鬼故事純粹是那是一種浪漫，這浪漫在不同類型的故事都存在。

鬼故事可以像「偵探小說」，有人撞鬼就像有人撞見屍體，揭開一連串不合理的詭異事件，最後把所有疑點串起來找到兇手，如同找到鬼故事的背後，是女校長曾經在學校女廁上吊的起因。（香港都會傳說，發生在香港達德中學）

那是一種歷史，那是一種紀錄。

鬼故事也可以像「愛情小說」，當全世界都告訴你卡到了要趕快搬家，你卻鐵齒不信，堅信一切都是幻覺並要廝守永久，結果搞到你目睹真相差點死掉，腦子才正常運轉趕快搬走，後來還花了很長時間療傷。

那是一種歷程，那是一種體驗。

所以我很享受說跟聽的過程，至於是不是真的我不在乎，也因此我不喜歡故事說完，第一個回饋就是「真的假的」。

說真的你又不信。

說假的你又吐槽。

說改編真實故事，你又在挑三揀四。

至於鬼故事說了百則，心得就是——**鬼不恐怖，恐怖的是人心**。

有時恐怖來自於你心中的想像，有時人心的慾望才是最深邃的地獄，港片《犯罪現場》裡有一句台詞，恰巧應對我的想法——**最可怕的犯罪現場，其實是「人心」**。

因為過去是社會記者延伸到現在的民俗記者，加上身處在「**忤惡小組**」這社會命案的團隊，一路看下來真的發現鬼比人單純太多，而我也在網路上看到一句話很喜歡：「你所害怕的鬼，是他人思念的親人。」

再來聊聊寫這本書的動念，那是二〇二二年三月的某天早上，我坐在辦公室皺眉看電腦，別人以為我在認真看稿，其實我在看ＮＢＡ的 Ben Simmons 到底會留在七十六人隊還是被交易的ＹＴ影片，看完伸個懶腰準備工作，這時忽然閃到，不是腰閃到是腦子有個想法閃到——「都寫這麼多鬼故事，何不把它串成一本書？」

馬上敲了我的經紀人 Sharon 姐，她是一個我說什麼她都說「好啊！」的前輩。我跟她說了這個想法，並計劃在今年鬼門開出版，她聽完說：「好啊！我去找時報出版來談談。」

幾個月後，Ben Simmons 跟我的出書計劃依舊坐在板凳，就當我想恐怕要坐到今年結束都不會有結果時，某天下午 Sharon 姐 LINE 我，說時報出版回覆約我們聊聊。

我看了日期，離鬼門開剩下三個月左右，人家時報出版要評估、討論到決定，可能出書要延到萬聖節了。

結果時報第五編輯部總監梁芳春大哥聽完，直接說：「好啊！我覺得可以，那我們就來談合約的部份吧。」

當下還以為，總監跟 Sharon 姐是兄妹。

除了原本的《靈異錯別字》跟假日平日主播新聞外，現在開始要找時間寫稿，然後在這時間點公司又創了一個新節目《獸身男女》要我主持，一次四件事情壓在身上，截稿日訂在五月二十二日，每晚我都用小孩睡著的晚上十一點到凌晨一點，俗稱「極陰之時」寫鬼故事，終於完成了這本書。

中途有好幾次累到想大吼大叫，但又怕這一叫有人會說：「你看你看，鬼故事寫多卡到精神出問題。」很少人覺得我只是太累，想休息而已，如同趕稿打電腦到背痛，恐怕連醫生都會說：「肌肉太過緊繃，但也可能是有鬼坐在肩膀上吧。」

再次謝謝那些提供鬼故事給我的好朋友們。

再次謝謝被我騷擾追問民俗觀點的老師們。

再次謝謝《夜露喜ＫＵ》團隊帶我夜遊廢墟鬼屋。

再次謝謝鬼屋廢墟裡的好兄弟沒讓我卡到。

再次謝謝太多太多太多幫助我出書的朋友。

好啦，最後還是來個結尾，我是錯別字我是賴正鎧，我喜歡鬼話連篇，但我不胡說八道，我們下本書見，掰掰。

靈異錯別字：夜訪百鬼

作　者—錯別字（賴正鎧）
主　編—林菁菁
企　劃—謝儀方
封面設計—江孟達
內頁設計—李宜芝
第五編輯部總監—梁芳春
董事長—趙政岷
出版者—時報文化出版企業股份有限公司
108019 台北市和平西路三段 240 號 3 樓
發行專線—(02)2306-6842
讀者服務專線—0800-231-705・(02)2304-7103
讀者服務傳真—(02)2304-6858
郵撥—19344724 時報文化出版公司
信箱—10899 臺北華江橋郵局第 99 信箱
時報悅讀網—http://www.readingtimes.com.tw
法律顧問—理律法律事務所 陳長文律師、李念祖律師
印　刷—勁達印刷有限公司
初版一刷—二〇二二年七月二十二日
初版二刷—二〇二三年七月十二日
定　價—新臺幣三五〇元

時報文化出版公司成立於一九七五年，
並於一九九九年股票上櫃公開發行，於二〇〇八年脫離中時集團非屬旺中，
以「尊重智慧與創意的文化事業」爲信念。

靈異錯別字 : 夜訪百鬼 / 錯別字 (賴正鎧) 著 . -- 初版 . -- 臺北市 : 時報文化出版企業股份有限公司 , 2022.07
面 ;　公分

ISBN 978-626-335-566-8(平裝)

863.57　　111008682

ISBN 978-626-335-566-8
Printed in Taiwan